rororo

«Hans Joachim Schädlich erzählt von der Isolation, in die gerät, wer nicht mit den anderen in Übereinstimmung lebt. Was die meisten Menschen einfach wegstecken, die Tatsache des politischen, aber auch des persönlichen Verrats, nimmt sich der Erzähler dieses Romans zu Herzen.» (Süddeutsche Zeitung)

«Schädlich brilliert als zornig genauer Kartograph grotesker Maskierungen.» (Der Spiegel)

«Kein Enthüllungsbuch. Aber wohl ein Anschauungsbuch menschlicher Abgründe.» (Hessischer Rundfunk)

Hans Joachim Schädlich, geboren am 8. Oktober 1935 in Reichenbach/Vogtland, studierte Germanistik in Berlin und Leipzig, promovierte und war bis 1976 an der Akademie der Wissenschaften in Berlin tätig. 1977 reiste er aus der DDR aus. Kurz zuvor veröffentlichte er in Westdeutschland den Band «Versuchte Nähe» (rororo 14565), der erhebliches Aufsehen erregte. Sein Werk wurde mit zahlreichen Preisen ausgezeichnet, so mit dem Berliner Literaturpreis, dem Heinrich-Böll-Preis und dem Kleist-Preis. Bei rororo liegen außerdem vor: «Gib ihm Sprache» (Nr. 23027), «Trivialroman» (rororo 22626) und «Tallhover» (rororo 13195). Hans Joachim Schädlich lebt und arbeitet seit 1979 in Berlin.

Hans Joachim Schädlich

ANDERS

Roman

Rowohlt Taschenbuch Verlag

Die Arbeit am vorliegenden Text wurde durch das Sächsische Staatsministerium für Wissenschaft und Kunst und durch den Else-Heiliger-Fonds der Konrad-Adenauer-Stiftung gefördert.

Lektorat Hans Georg Heepe

Veröffentlicht im Rowohlt Taschenbuch
Verlag, Reinbek bei Hamburg, Februar 2005

Umschlaggestaltung any.way, Barbara Hanke/Cordula Schmidt
Satz Pinkuin Satz und Datentechnik, Berlin
Druck und Bindung Druckerei C. H. Beck, Nördlingen
Printed in Germany
ISBN 3 499 23905 1

ANDERS

1

Mein letzter Freund hat verlauten lassen: «Endlich kann ich tun, was ich schon immer wollte.»

Ich bin allergisch gegen solcherart Verlautbarung, besonders bei Awa. Er konnte schon immer tun, was er wollte; es liegt in seiner Natur.

«Vierzig Jahre habe ich auf diesen Tag gewartet», hatte Awa hinzugesetzt.

Ich war empört, aber mir versagte die Stimme. Hätte ich mich im Spiegel sehen können, so wäre ich meiner Empörung gewahr geworden: mir stieg das Blut zu Kopf, ich wurde schmallippig.

Awa gewahrte offensichtlich nichts. Anders hätte er nicht fortfahren können: «Ich habe Dinge erlebt – ganze Romane könnte ich darüber schreiben. Zum Beispiel vorgestern.»

Ich hätte erwidern sollen: «Du hast nicht genug erlebt, um auch nur einen einzigen Roman zustande zu bringen. Im übrigen: man muß gar nichts erlebt haben. Und vor allem: du kannst gar nicht schreiben.» Ich schwieg.

Ich beneide Awa darum, daß er immer tut, was er gerade will. Was tat er denn in jenem Moment anderes? Hat er mich etwa gefragt, wie es mir geht? Sah ich vielleicht, als wir uns trafen, glücklich aus? Im Gegenteil!, nehme ich an.

Ich hatte Grund, unglücklich auszusehen. Ich war gerade von unserer Freundin Ida gekommen. Ich hatte ihr zum tausendsten Mal erklärt, daß ich sie liebe. Sie hatte zum fünfhundertsten Mal geantwortet: «Awa liebt mich auch.»

«Und du?» hatte ich zum zweihundertfünfzigsten Mal wissen wollen.

«Ich?» hatte Ida zum hundertsten Mal geantwortet, «ich liebe euch beide!»

Was tat Awa? Er sagte, was er gerade wollte: «Zum Beispiel vorgestern. Vorgestern rief ein Mann mich an, der behauptete, wir seien einander vor gut zwanzig Jahren in einer Klinik begegnet. Ich konnte mich zuerst nicht an den Mann erinnern. Aber als er gesagt hatte, daß ich eine Vorliebe für Muzio Clementi geäußert und ihm sogar die ersten Takte der Klaviersonate Opus 25, Nummer 5, in fis-Moll, vorgepfiffen hätte, da erinnerte ich mich. Jetzt kam mir sogar seine Stimme bekannt vor. Er nannte seinen Namen, und ich wußte, daß er die Wahrheit gesagt hatte. Der Mann heißt Rudolf Rauch. ‹Denken Sie einfach an Zigaretten›, sagte er, ‹und Sie wissen meinen Namen.›

Er hatte sich zwanzig Jahre lang mein Gesicht und meinen Namen gemerkt, denn auf meine Frage, wie er auf mich gekommen sei, sagte er: ‹Ich habe Sie kürzlich bei Wertheim gesehen.› Da dachte ich mir: ‹Sieh doch einfach im Telefonbuch nach und ruf ihn an.›

Ja. Ich fragte ihn, warum er mich nicht im Kaufhaus angesprochen habe. Rauch sagte: ‹Das wäre mir zu direkt gewesen.› Er fragte mich, wie es mir gehe.

‹Gut›, sagte ich, ‹ich habe seit meinem Klinikaufenthalt nie mehr Beschwerden gehabt.›

‹Ich schon›, sagte er, ‹ich habe bis heute Beschwerden. Aber ich habe gelernt, damit zu leben. Übrigens bin ich schon seit Jahren Invalide. Viel Geld habe ich nicht, aber es reicht. An Zigaretten und Kaffee fehlt es nie. Meine Wohnung ist klein und billig. Ich bin geschieden. Meine Kinder sind erwachsen.›

An dieser Stelle unseres Gesprächs wußte ich nicht weiter. Aber Rauch erinnerte mich daran, daß auch er ein Liebhaber der Musik sei; ob ich mich dessen entsinne? Er habe sogar Lieder komponiert. Nach eigenen Texten. ‹Darf ich Ihnen zwei Lieder vorspielen?›

Ich sagte notgedrungen: ‹Ja, gerne.›

‹Moment›, sagte er, ‹ich gehe mit dem Telefon zum Klavier.›

Zehn Sekunden später spielte und sang er mir zwei Lieder vor. Den Telefonhörer mußte er auf das Klavier gelegt haben. Der Ton schepperte. Die Lieder klangen nicht schlecht.

Rauch sagte: ‹Gefallen sie Ihnen?› – ‹Ja›, sagte ich. ‹Ich bedaure, daß ich keine Lieder komponieren kann.›

‹Dafür können sie etwas anderes›, meinte er. Und: ‹Wie wäre es, wenn Sie mich einmal besuchen kämen? Ich könnte Ihnen noch andere Lieder von mir vorspielen.›

‹Na ja,›, sagte ich, ‹es wäre mir lieber, Sie in einem Café zu treffen.›

‹Einverstanden›, sagte Rauch, ‹wie gefällt Ihnen Freitag, 17 Uhr, im Café Savo?› – ‹Gut›, sagte ich, ‹aber vielleicht erkenne ich Sie nicht wieder.›

‹Keine Sorge, ich mache mich schon bemerkbar.›

Ich war zehn Minuten vor 17 Uhr im Café. In einer Ecke saß ein abgerissener, verschmutzter, dürrer Mann mit zotteligem Langhaar. Er trank Tee und rauchte eine Zigarette. Er saß gekrümmt, hatte ein Oktavheft vor sich, murmelte, schrieb etwas auf, kratzte sich am Kopf, summte einige Töne. Ob er ein Lied komponiert?, dachte ich. Manchmal sah er von seiner Arbeit auf und blickte ängstlich-unwillig zu mir herüber. Ich konnte mich nicht dazu entschließen, zu ihm hinzugehen. Ich saß, trank Kaffee und wartete. Nach dreißig Minuten bin ich gegangen.

Heute rief Rauch mich an. ‹Ich konnte nicht ins Café kommen. Mein Kreislauf war ins Trudeln geraten.›»

Ich mußte jetzt zu Awa sagen: «Du kannst dich sonnen in deiner Eitelkeit. Jemand hat sich zwanzig Jahre lang dein Gesicht gemerkt und was du ihm vorgepfiffen hast.»

«Und meinen Namen!»

«Dein Name ist nur ein Klang.»

«Er hat drei Buchstaben.»

«Ich jedenfalls hätte dich nicht wiedererkannt. Sieh dich doch an. Verglichen mit damals, als du in der Klinik warst, bist du ein anderer. Zumindest äußerlich. Ich sage nicht, daß du schlechter oder besser aussiehst. Daß Rauch dich nach zwanzig Jahren erkannt hat, spricht sehr für ihn.»

«Das weiß ich nicht.»

«Aber was geht Rauch mich an. Ich muß mit dir über Ida reden.»

«Schon wieder?»

«Ich kann es nicht mehr ertragen, daß sie, eine erwachsene Frau, sich wie ein Kind beträgt.»

«Gerade das liebe ich.»

«Als sie noch jung und schön war, hat sie sich meiner Phantasie so stark bemächtigt, daß ich hingerissen wurde, zeitlebens für sie zu sorgen.»

«Sie ist mit jedem Jahr schöner geworden. Aber hast du für sie gesorgt? Vergiß doch nicht, daß sie auf eigenen Beinen steht. Zeitweise hat sogar sie für dich gesorgt.»

«Ich kann mir nicht helfen», sagte ich, «oft hatte ich den Eindruck, daß sie ihren Beruf für bloßen Spaß hält.»

«Das beklagst du?» sagte Awa. «Ich liebe es.»

«Sie denkt nicht daran, was gewesen ist, sie denkt nicht an das, was kommt, sie klebt nur an der Gegenwart.»

«Während du natürlich ganz in der Vorstellung lebst!»

«Auch in der Vergangenheit.»

«Sei doch froh, daß Ida dir den Alltagskopf zurechtrückt.»

«Wenn ich an ihre Nüchternheit denke, dann läuft mir allmählich die Galle über.»

«Anders als nüchtern möchte ich sie mir gar nicht vorstellen.»

2

Manchmal höre ich mir einen üblichen Vortrag an. Letztens breitete der Redner eine endlose Menge von Daten aus, zog aber keine Schlußfolgerungen daraus. Vielleicht hielt er seinen Vortrag für ein Poem, das für sich selbst spreche. Seine Zuhörer betrachtete er offenbar als Liebhaber der Poesie, die sich ihren eigenen Reim auf seine Datenmenge machen sollten.

Unter den Zuhörern befanden sich einige Fachkollegen. Wie immer nach einem Vortrag wollten wir im Club noch Wein trinken. Ich setzte mich neben eine Frau unbestimmten Alters, die ungewöhnlich geschminkt war. Ich bestellte ein Glas Rotwein, und als der Wein gebracht war, sagte die Frau zu mir: «Sie kennen mich vielleicht nicht mehr, aber ich kenne Sie.»

«Wie das. Sie sind mir vollkommen unbekannt.»

«Nein», sagte sie, «dank Ihrer war ich vor sieben Jahren fünf Monate lang auf der Forschungsstation in der Antarktis.»

«Das tut mir leid.»

«Neinnein», sagte sie, «ich war Ihnen damals dankbar, und ich bin es noch heute.»

«Wie heißen Sie.»

«Adriana.»

«Ich erinnere mich nicht.»

«Sie waren es», sagte sie, «der im Beirat für meinen Forschungsaufenthalt gestimmt hat.»

«Der Beirat hat acht Mitglieder. Mir kommt kein Verdienst zu.»

«Dochdoch», sagte sie.

«Was tun Sie heute», fragte ich.

«Ich beschäftige mich noch immer mit der Wirkung von Ozon auf den Organismus.»

«Und wo leben Sie?»

«Hier, in der Stadt. Mit meiner Tochter Antonia.»

«Wie alt ist Ihre Tochter.»

«Sechs Jahre. Übrigens, Sie kennen den Vater meiner Tochter.»

«Ich?»

«Ja, er ist ein Kollege von Ihnen.»

In diesem Augenblick betraten drei große, breitschultrige Männer den Club. Adriana sagte halblaut: «Jetzt kommt die Mafia. Entschuldigen Sie mich.»

Sie stand auf, ging zu den drei Männern und begrüßte den größten von ihnen überschwenglich. Die drei fanden einen Tisch, und Adriana setzte sich zu ihnen. Sie blieb mindestens fünfzehn Minuten dort.

Als sie an meinen Tisch zurückgekehrt war, sagte ich: «Ihre persönlichen Beziehungen zur Mafia verwundern mich.»

«Ach», sagte sie, «das ist alles lange her, mindestens fünfzehn Jahre. Der Große war ein Geschäftspartner meines Mannes.»

«Sie sind verheiratet.»

«Geschieden. Bei uns ist es üblich, mit achtzehn Jahren zu heiraten.»

«Und Ihr geschiedener Mann gehört zur Mafia.»

«Damals gab es bei uns noch keine Mafia.»

«Was tut der Große jetzt.»

«Er besitzt eine Fabrik. Er ist Millionär. Und er studiert Religionsgeschichte. Aber wie gesagt: Sie kennen den Vater meiner Tochter.»

Adriana nannte den Namen des Mannes, und ich erinnerte mich. «Ja», sagte ich, «er hat eine Arbeit über die Tag- und Nachtgleiche geschrieben.»

«Dank Ihrer», sagte Adriana, «war er vor sieben Jahren fünf Monate lang auf der Forschungsstation in der Antarktis. Meine Tochter ist ein Forschungsstationskind.»

«Ich hoffe, der Vater Ihrer Tochter kümmert sich um sein Kind.»

«Nun ja», sagte Adriana, «ich muß ihm beibringen, daß sich die Unterhaltssumme erhöht hat.»

3

Awa war bei Ida. Er hat gesagt, sie sei ungehalten über mich. Ich scheine zu meinen, sie sei zu nichts anderem da, als mich aufzuheitern. Aber ihre Geduld habe allmählich ein Ende.

Ich weiß nicht, was Awa ihr erzählt hat.

Sie eigne sich weder zu meiner Erholung noch zu meinem Trost.

Ich bin entsetzt. Habe ich Ida jemals Grund für solche Sätze gegeben?

Sie sichere ihr Dasein durch harte Arbeit, und es erbittere sie, daß ich ihr ihre Kinderlosigkeit vorwerfe.

Bin ich etwa verrückt? Wer hätte denn der Vater sein sollen! Awa? Ich? Wie hätte Awa als Vater von Idas Kind sich mir gegenüber verhalten? Wie hätte ich mich als Vater von Idas Kind Awa gegenüber verhalten? Wie hätte Ida sich verhalten? Sie wäre dem Vater ihres Kindes am nächsten gewesen. Unerträglich. Ich bin froh, daß Ida kinderlos ist.

Ich scheine den Mann als den eigentlichen Menschen zu betrachten. Aber ich solle mich einmal ansehen: ganz davon zu schweigen, daß es mit meiner körperlichen Ansehnlichkeit nicht mehr weit her sei. Bei meiner Neigung, mich in die Vergangenheit oder gar in eine nebelhafte Zukunft zu denken, und das in meinem Alter!, gerate mir das Nächstliegende aus dem Blick.

Bin ich so?

Sie werfe mir meinen Geiz vor; oder wenn es schon kein Geiz sei, so sei es doch meine Unfähigkeit, das Leben zu genießen.

4

Katharinenkloster! Was weiß denn ich vom Katharinenkloster. Nur, daß es im Süden des Sinai liegt. Das habe ich Awa geantwortet.

Aber er: «Das ist alles?»

«Ja.»

«Du weißt nicht, was es mit dem Kloster auf sich hat?»

«Nein!»

«Tischendorf?»

«Wie?»

«Konstantin von Tischendorf?»

«Nein.»

«Codex Sinaiticus?»

«Nie gehört.»

«Also erstens ...»

Ich finde die besserwisserisch-belehrende Art Awas widerwärtig. Wenn er mir «Erstens, zweitens, drittens» erklärt, was ich seines Erachtens wissen sollte, dann weiß ich schon, daß er das alles gerade erst irgendwo gelesen hat.

«Erstens liegt das Katharinenkloster nicht einfach irgendwo im Süden des Sinai, sondern am nördlichen Fuß des Dschebel Santa Katarina.»

«Aha.»

«Das ist der ‹Berg Sinai›, der Gesetzgebungsberg der Bibel ...»

«Ich verstehe!!»

«Stell dir vor: Das Kloster wurde im Jahr 530 als eine Festung gebaut.»

«Das ist mir zu lange her, das kann ich mir nicht vorstellen.»

«Ein griechisch-orthodoxes Kloster.»

«Meinetwegen.»
«Vielleicht sollten wir einmal hinfahren.»
«Von Israel aus?»
«Oder von Ägypten aus.»
«Das ist mir zu heiß, das kann ich nicht aushalten.»

Jetzt wollte ich mir das Kloster vorstellen. Eine anderthalbtausend Jahre alte Klosterfestung in den Bergen. Aber es gelang mir nicht.

Ich sagte: «Und Tischendorf? Dein Konstantin von?»

Awa blieb sachlich. «Er hat das Katharinenkloster dreimal besucht.»

«Muß ich jetzt fragen: warum?»

«Tischendorf war Theologe und Paläograph, Kenner ältester Schriften. Ein großer Palimpsestenforscher und Schriftausleger. Er suchte den ursprünglichen Text des Neuen Testaments. Deshalb wollte er zum Sinai und nach Jerusalem und sonstwohin.»

«Trabt jetzt Kara Ben Nemsi durch die Wüste?»

«Am 12. Mai 1844 nachmittags um drei brach Tischendorf mit drei Beduinen und einem Dragoman als Übersetzer von Kairo auf, um zum Katharinenkloster zu reiten. Er mußte die ganze Küche mit sich führen: Reis, Hühner in einem Hühnerbehälter, Tee, Kaffee, Wasser in großen Tonkrügen undsoweiter. Auf einem Kamelrücken, mitten unter den bewaffneten Söhnen der Wüste, ein vogtländischer Doktor der Theologie. Am 24. Mai in der Frühe langte er vor dem Kloster an. Er machte sich durch Rufe bemerkbar. Es öffnete sich in rund zehn Metern Höhe eine Tür, und an einem Seil wurde ein Korb heruntergelassen. Zu ebener Erde gab es keine Tür. Tischendorf legte seine Empfehlungsschreiben in den Korb, der sogleich in die Höhe gezogen wurde. Nach kurzer Zeit ließen die Mönche ein Seil mit einem Querholz herab; Tischendorf setzte sich auf das Holz, hielt sich am Seil fest und wurde in die Höhe gehaspelt.»

Ich sagte zu Awa nur: «Was ist ein vogtländischer Doktor der Theologie?»

«Tischendorf ist im Vogtland geboren, in Lengenfeld.»

«Ist das wichtig? Ich habe noch nie etwas von diesem Ort gehört.»

«Im Kloster wollte Tischendorf so bald wie möglich in die Bibliothek. Eine alte Aufschrift am Portal bezeichnete den Bibliotheksraum als Heilort der Seele oder geistliche Apotheke. Aber Tischendorf war vom Zustand der Bibliothek entsetzt. Umherliegende Blätter zeigten ihm, daß uralte kostbare Manuskripte von den unwissenden Klosterbrüdern barbarisch zerstört worden waren. Mitten im Raum stand ein großer Korb, der die Überreste beschädigter Handschriften enthielt. Der Klosterbibliothekar, ein gewisser Kyrillos, erwähnte beiläufig, man habe schon zwei Korbfüllungen dieses Zeugs verbrannt. Die dritte Ladung werde auch bald ins Feuer geworfen.»

«Ich frage mich, ob Tischendorf überhaupt in unsere Sammlung gehört.»

Awa sagte: «Kannst du eine Geschichte nicht erst einmal bis zu Ende anhören?! Jedenfalls, Tischendorf nahm einige Blätter aus dem Korb und bemerkte schnell, daß es wertlose Stücke waren. Schließlich aber zog er eine Anzahl von Pergamentblättern hervor, deren Schrift auf das höchste Alter schließen ließ. Tischendorf datierte die Schrift in das 4. Jahrhundert. Die Blätter mußten seit der Gründung des Katharinenklosters in der Bibliothek gelegen haben, seit 1300 Jahren. Es war die älteste griechische Handschrift, die die Welt bis dahin kannte. Es waren 129 Blätter aus der Septuaginta, der griechischen Übersetzung des Alten Testaments. 43 Blätter durfte Tischendorf an sich nehmen. Die übrigen 86 Blätter hielten die Klosterbrüder zurück.»

«Und weiter?»

«Tischendorf legte dem Bibliothekar Kyrillos dringend nahe, die restlichen Blätter sorgsam zu hüten. Er sagte ihm auch, daß er zurückkommen und bis dahin die kaiserliche russische Regierung ins Interesse zu ziehen versuchen werde. Der russische Kaiser war schließlich der mächtigste Glaubensgenosse des Klosters.»

«Na bravo. Tischendorf war losgezogen, um das Neue Testament zu suchen, aber gefunden hatte er das Alte. Und von dem kriegte er auch nur 43 Blätter.»

«Aber er hat nicht lockergelassen. 1853 ist er zum zweiten Mal losgefahren.»

«Von Lengenfeld im Vogtland?»

«Von Leipzig. Dort war er 1850 Honorarprofessor geworden. Im Januar machte Tischendorf sich auf den Weg. Er wollte endlich das älteste Neue Testament finden. Die 86 Blätter des Alten Testaments, die er 1844 hatte zurücklassen müssen, wollte er diesmal kaufen oder wenigstens ganz genau abschreiben. Aber diesen alten großen Schatz fand er nicht wieder. Der Klosterbibliothekar Kyrillos, dem Tischendorf die Blätter 1844 ans Herz gelegt hatte, wußte nicht, was aus den Blättern geworden war. Der Schatz war verschollen. Und vom Neuen Testament keine Spur. Enttäuscht reiste Tischendorf im Mai nach Leipzig zurück.»

«War's das?»

«Nein. Die verschwundenen Blätter des Alten Testaments ließen Tischendorf keine Ruhe. Das nächste, was er tat: er wurde bei der russischen Regierung vorstellig. Die orthodoxe Christenheit empfand den russischen Kaiser als ihren obersten Schutzherrn.»

«Das hast du schon gesagt.»

«Von ihm erhoffte Tischendorf sich Protektion.»

«Wie. Tischendorf fuhr zuallererst von Leipzig nach Petersburg?»

«Ach was. Nach Dresden. Dort residierte der kaiserlich-russische Gesandte Wolkowsky. Tischendorf erbot sich, als Beauftragter Alexanders II. im Orient wichtigste heilige Handschriften aufzuspüren und zu kaufen. Diese Handschriften sollten dann Eigentum des russischen Kaisers sein. Der russische Kulturminister Norow, ein Orientkenner, kam höchstpersönlich nach Leipzig und besprach mit Tischendorf die Details. Bald darauf befürwortete die Kaiserliche Akademie in Petersburg Tischendorfs Vorhaben. Der Bruder des Kaisers, Großfürst Konstantin, die Kaiserin Maria und die Mutter der Kaiserin waren höchst angetan. Schließlich trug Norow dem Kaiser die Sache vor; Tischendorf erhielt den Auftrag, sich als Abgesandter des russischen Kaisers auf den Weg zu machen.»

«Dauert deine Geschichte noch lange?»

«Sie ist gleich zu Ende. Fürst Wolkowsky, der russische Gesandte in Dresden, übergab Tischendorf eine große Summe in russischem Gold für den Ankauf alter Handschriften und für die teure Reise. Tischendorf brauchte den Empfang nicht einmal zu quittieren.

In den ersten Januartagen 1859 machte Tischendorf sich zum dritten Mal auf die Reise nach Ägypten. Alexandrien, Kairo, schließlich eine Kamel-Expedition durch die sinaitische Wüste. Am 30. Januar traf er im Katharinenkloster ein. Der alte Bibliothekar Kyrillos, mit dem Tischendorf seit 1844 befreundet war, freute sich über das Wiedersehen.

Dem Abt Dionysios war Tischendorf durch die russische Regierung schon angekündigt. Wieder suchte er nach den 86 Blättern, die ihm seit 1844 nicht aus dem Kopf gegangen waren. Aber sie blieben unauffindbar. Es war Tischendorf zumute wie 1853: hoffnungslos.

Er bestellte für den 7. Februar Beduinen und Kamele für den Rückweg nach Kairo. Er hielt es für unwahrscheinlich, daß er je noch einmal die Strapazen einer Sinai-Expedition würde auf sich nehmen können; er wollte sich für immer vom Sinai verabschieden und unternahm in den folgenden Tagen Ausflüge in die Umgebung des Klosters. Nach einem anstrengenden Ausflug, den er mit dem Hausverwalter des Klosters, einem jungen Mönch aus Athen, unternommen hatte, lud der Mönch ihn noch zu einem Erfrischungstrunk in seine Zelle ein. Der Mönch holte aus einer Ecke ein Paket hervor, das in ein rotes Tuch gehüllt war, legte das Paket auf den Tisch und sagte: ‹Ich habe hier ein griechisches Altes Testament.›

Tischendorf schlug das Tuch zurück, und vor ihm lag ein Stapel großer Pergamentblätter: Was sah er? Die 86 Blätter, die er 1844 schon einmal in der Hand gehalten, aber im Kloster hatte zurücklassen müssen. Doch es war noch viel mehr! Weitere 112 Blätter mit alttestamentlichem Text. Und 148 Blätter, die das Neue Testament enthielten. Das Neue Testament in uralter Handschrift. Tischendorf war am Ziel. Nebenbei gesagt: Es war der älteste und vollständigste Text des Neuen Testaments, eine Handschrift aus dem 4. Jahrhundert.

Wie aber die Handschrift aus dem Katharinenkloster schaffen? Tischendorf wollte, daß die Mönche es ihm erlaubten, die Handschrift nach Rußland zu bringen, als ein Geschenk für den russischen Kaiser. Er bot dem Kloster eine reiche Goldsumme, und dem Hausverwalter auch. Aber die Mönche zögerten. Tischendorf brannte darauf, die Texte der Handschrift zu veröffentlichen. Er bat die Mönche, ihm die Handschrift wenigstens zu leihen. Er wollte sie nach Kairo mitnehmen, in das Tochterkloster, wo er sie in Ruhe würde abschreiben können. Damit waren die Mönche einverstanden, aber einer von ihnen widersprach. Deshalb mußte der Abt Dionysios die Sache entscheiden; der Abt hielt sich gerade in Kairo auf.

Am 7. Februar ritt Tischendorf nach Kairo, am 13. Februar war er dort. Schon am nächsten Morgen stellte er sich im Tochterkloster der Sinaibrüder ein. Er fand Dionysios vor, und der entschied, daß die Handschrift in das Kairoer Tochterkloster gebracht werden dürfe.

Jetzt wurde ein Beduinenscheich losgeschickt, die Handschrift vom Katharinenkloster abzuholen. Weil Tischendorf dem Scheich eine hohe Belohnung in Gold versprach, falls er sich nur möglichst beeile, stellte der einen wahren Rekord auf. Innerhalb von acht Tagen war er in Kairo zurück. Kaum zu fassen, daß der unersetzliche Schatz auf einem Kamelrücken durch die Sinaiwüste transportiert worden war.

Man schloß auf dem russischen Konsulat einen Vertrag, der vorsah, daß Tischendorf jeweils acht Blätter der Handschrift in sein Hotel mitnehmen durfte. Dort, im Hotel des Pyramides, am Esbekije-Platz, schrieb er die Handschrift ab. Er hatte zwei Deutsche engagiert, die das Griechische beherrschten, den Arzt Dr. L'Orange aus Königsberg und einen Apotheker aus Leipzig, die halfen ihm bei der Abschrift. 132 000 kurze Zeilen mußten abgeschrieben und revidiert werden. Zwischen 5 und 6 Uhr stand Tischendorf auf; gegen 7 Uhr kamen der Doktor und der Apotheker, mit denen Tischendorf Kaffee trank. Um 12 Uhr wurde im Salon reichlich gefrühstückt, und ab 14 Uhr saßen die drei wieder am Arbeitstisch bis 18 Uhr. Nach dem Einbruch der Dunkelheit gab es das Mittagessen. So ging es zwei Monate lang.

Tischendorf hegte noch immer die Hoffnung, das unschätzbare Original zu erwerben.»

«Du hattest gesagt, die Geschichte sei gleich zu Ende.»

«Zwar hätte Tischendorf schon einen großen Triumph feiern können, wenn er auch nur mit der Abschrift zum Druck gekommen wäre. Aber er wollte das Original.

Der Idee, die Handschrift dem russischen Kaiser zu schenken, waren die Klosterbrüder nicht abgeneigt; sie wollten sich für immer der kaiserlichen Unterstützung versichern und rechneten zudem mit einem großzügigen Gegengeschenk. Die Schenkung mußte allerdings von ihrem Erzbischof gebilligt werden. Der Erzbischof aber war gerade gestorben, und die Wahl eines Nachfolgers konnte lange auf sich warten lassen.

In dieser Situation reiste Tischendorf nach Konstantinopel und suchte den kaiserlich-russischen Botschafter bei der Hohen Pforte, Fürst Lobanow, auf. Lobanow sollte und wollte Tischendorf im Interesse des russischen Kaisers helfen.

Tischendorf kam der Gedanke, daß Fürst Lobanow in seiner offiziellen Eigenschaft ein Papier ausstellen könnte, das ungefähr folgendermaßen lauten sollte: ‹Herr Tischendorf hat mir mitgeteilt, daß die Sinaiten den Vorsatz haben, das alte Bibelmanuskript durch seine Vermittlung dem Kaiser zum Geschenk zu machen. Da dies aber nicht eher offiziell ausgeführt werden kann, als bis der neuerwählte Chef der Sinaitischen Brüderschaft offiziell anerkannt worden, so wünscht Tischendorf, das besagte Manuskript unterdessen nach Petersburg zu entleihen zum Behufe der Kontrolle seiner Abschrift während des Druckes. Indem der unterzeichnete kaiserliche Gesandte diesen Wunsch Herrn Tischendorfs unterstützt, erklärt er ausdrücklich, daß die besagte Handschrift, wenn sie demselben nach Petersburg geliehen wird, nichtsdestoweniger Eigentum der Sinaiten bleibt, bis der Superior im Namen seiner Brüderschaft, schriftlich oder durch eine Deputation, die Darbringung an den Kaiser förmlich vollzogen haben wird.›

Lobanow war einverstanden.

Mit diesem Schreiben fuhr Tischendorf nach Kairo zurück.

Der Klosterkonvent folgte Lobanow; Tischendorf sollte die Handschrift jetzt ausgehändigt bekommen. Eingeschlagen in das rote Tuch, landete das Konvolut am 28. September in seinem Hotel, überbracht von Dienern des Tochterklosters.

Nun hielt ihn nichts mehr. Am 9. Oktober reiste er ab. Erster Halt war Wien. Hier zeigte Tischendorf dem Kaiser Franz Joseph die Handschrift. Von Wien ging es nach Dresden, um König Johann von Sachsen die Kostbarkeit vorzuführen. In Dresden traf Tischendorf auch den russischen Gesandten, Fürst Wolkowsky, der ihn mit Gold ausgestattet und auf die Reise geschickt hatte. Im Palais der russischen Gesandtschaft wurde die Handschrift für einige Tage öffentlich ausgestellt. Zeit für eine Reise nach Leipzig zu seiner Frau Angelika, nahm er sich nicht. Angelika Tischendorf mußte nach Dresden kommen.

Endlich, am 1. November, konnte Tischendorf von Dresden nach Petersburg reisen. Am 21. November legte Tischendorf die Gegenstände seiner Sammlung im Chinesischen Saal des kaiserlichen Residenzschlosses Zarskoje Selo auf sechs Tischen zur Schau aus: nicht nur die älteste Handschrift des Alten und des Neuen Testaments, sondern auch alle anderen Handschriften, die er gefunden hatte, und einige ägyptische Antiquitäten. Einen der Tische schmückte er mit Jericho-Rosen.

Kaiser Alexander II. und Kaiserin Maria ließen sich von Tischendorf eine ganze Stunde lang unterrichten.

Einige Zeit später wurden die Handschriften und Altertümer in der Kaiserlichen Bibliothek öffentlich ausgestellt.

Vor seiner Abreise Mitte Dezember bekam Tischendorf ein kaiserliches Geschenk zugestellt: 5000 Taler.»

«Momentchen mal. Du bist mit der Handschrift schon beim russischen Kaiser, aber ich habe nicht gehört, welche Sicherheiten Tischendorf den Sinaibrüdern geboten hat. Oder brauchte er ‹den Empfang› der Handschrift ‹nicht einmal zu quittieren›?»

«Er hat in Kairo den Empfang am 28. September quittiert: ‹Ich, der Unterzeichnende, Konstantin Tischendorf, zur Zeit unterwegs im Nahen Osten in einer Mission unter Auftrag von Alexander II., Zar aller Russen, bestätige durch das vorliegende Schreiben, daß die Heilige Bruderschaft vom Berge Sinai, in Übereinstimmung mit dem Brief seiner Excellenz des Botschafters Lobanow, mir leihweise ein altes Manuskript des Alten und Neuen Testaments ausgehändigt hat, welches Eigentum des zuvorgenannten Klosters ist und 346 Folia sowie ein kleines Fragment enthält. Dieses werde ich mit nach St. Petersburg nehmen, um die Kopie, die zuvor von mir angefertigt worden ist, mit dem Original zu vergleichen während der Zeit, in der das Manuskript zur Veröffentlichung gelangt.

Das Manuskript ist mir anvertraut worden unter den

Bedingungen, die in dem zuvorgenannten Brief von Herrn Lobanow am 10. 9. 1859 festgelegt sind. Ich verspreche, dieses Manuskript der Heiligen Bruderschaft vom Sinai zurückzubringen, unbeschädigt und in gutem Erhaltungszustand, auf ihr frühestes Ersuchen.›»

«Und? Hat Tischendorf das Manuskript zurückgebracht?»

«Nein.»

«Das glaube ich nicht.»

«Es gab doch den Brief von Lobanow. Tischendorf hat sich darauf bezogen: die Handschrift bleibt ‹Eigentum der Sinaiten, bis der Superior ... die Darbringung an den russischen Kaiser vollzogen haben wird.›»

«Ich borg dir mein Auto, und du gibst es mir nicht zurück, weil ich es dir schließlich schenke. Ungefähr so?»

«Du willst es mir schenken, und bis dahin borgst du es mir. So ungefähr.»

«Was ist mit der Handschrift geschehen.»

«Ein Teil der Handschrift wanderte mit Tischendorf nach Leipzig; Tischendorf sollte das Alte und Neue Testament bei Giesecke & Devrient in Leipzig drucken lassen. Der Erscheinungsort der Ausgabe sollte aber Petersburg heißen. Der andere Teil der Handschrift blieb vorläufig im russischen Außenministerium verwahrt.

1862, im Herbst, stand das 1000jährige Jubiläum der russischen Monarchie ins Haus. Bis dahin wollte Alexander II. die Ausgabe in Händen halten. Tischendorf blieben zwei Jahre Zeit für den komplizierten Druck.

Ostern 1862 hatte er die riesige Arbeit geschafft. Die prächtige Ausgabe des Alten und Neuen Testaments lag als ‹Bibliorum Codex Sinaiticus Petropolitanus› vor. Da hast du den kompletten ‹Codex Sinaiticus›.»

«Aber ich habe noch nicht das ‹von›.»

«Ach, das kam 1869. Da wurde Tischendorf durch Alexander II. der erbliche Adel verliehen. Die sächsische Regierung hat ihn bestätigt, was sonst.»

«Druckort des ‹Codex Sinaiticus› war Leipzig, Erscheinungsort war Petersburg.»

«Das vierbändige Prachtwerk wurde in 300 Exemplaren gedruckt. Der vierte Band enthält Tischendorfs Erläuterungen, 15 000 an der Zahl. Am 6. Oktober 1862 reiste Tischendorf nach Petersburg; gleichzeitig gingen 31 Kisten mit den Prachtbänden auf die Reise, das waren 130 Zentner. Und am 10. November präsentierte Tischendorf in Zarskoje Selo dem russischen Kaiserpaar die ersten Exemplare.

Die meisten Exemplare ließ Alexander II. als Geschenk an die namhaftesten Bibliotheken schicken. Zwei gingen ans Katharinenkloster, ein Exemplar bekam die Familie Tischendorf. 77 Exemplare schenkte der Kaiser Tischendorf persönlich; er durfte sie verkaufen lassen. Sie gingen in acht Kisten nach Leipzig zurück, wo Giesecke & Devrient den Vertrieb für Tischendorf übernahm. Tischendorf rechnete, daß sich aus diesem Geschäft 12 000 bis 15 000 Taler ergeben würden. Das war sein Honorar, und er konnte es sich gefallen lassen.»

«Was hast du gegen Tischendorf! Warum ziehst du seine Seriosität in Zweifel.»

«Tischendorf war nicht der, für den er sich bei den Sinaiten ausgegeben hat.»

«Er war offensichtlich einer der besten Paläographen und Bibeltextkritiker. Das genügt. Wenn du korrekt berichtet hast …»

«Was soll das!»

«Dann war die Auffindung des Sinaitischen Codex, der

ältesten urkundlichen Handschrift des Christentums, ein Höhepunkt. Und Tischendorf hat der Welt dieses Monument zugänglich gemacht. Hättest du an Tischendorfs Stelle anders gehandelt? Stell dir einfach nur vor, dir wäre eine Bibelhandschrift aus dem, was weiß ich, 3. oder 4. Jahrhundert unter die Augen gekommen bei Leuten, die die Bedeutung des Manuskripts nicht erkannten und es wie Abfall behandelten. Also, ich hätte alles darangesetzt, das Manuskript in die Hand zu kriegen und von dort wegzuschaffen.»

«Es ist eben so ein Gefühl.»

«Ein Gefühl! Hast du die Wettervorhersage auch nach Gefühl gemacht?»

«Natürlich nicht, das weißt du genau.»

«Also, wie endet deine Tischendorf-Geschichte.»

«1869 kam endlich die Schenkung zustande. Tischendorf hatte noch einmal darauf gedrungen. Die Schenkungsurkunde trägt das Datum vom 18. November. Die russische Regierung hat sich beim Katharinenkloster mit 9000 Rubeln revanchiert; das waren umgerechnet 27 000 Goldmark. Erst jetzt war der Codex Eigentum Rußlands und bekam einen Platz in der Kaiserlichen öffentlichen Bibliothek in Petersburg. Dort lag er 64 Jahre lang.»

«Und?»

«1933 hat Stalin den Codex für 100 000 Pfund Sterling, umgerechnet 200 000 Goldmark, an England verkauft. Am 27. Dezember landete der Codex im Britischen Museum, und dort liegt er noch heute.»

«Ich sage dir: Tischendorf gehört nicht in unsere Sammlung.»

5

Vor einiger Zeit hat der Philosoph Bogoboj Joksimovič angerufen. Er sei für acht Wochen in der Stadt, als ein Stipendiat. Ob man sich treffen könne, er nenne bittesehr seine Privatnummer.

Ja, habe ich geantwortet, Awa oder ich, einer von uns werde am Abend bei ihm anrufen.

«Danke, danke», hat Joksimovič gesagt.

Wir nannten ihn Bogo.

Kennengelernt haben wir Bogo im Internationalen Forschungsinstitut. Awa und ich lebten damals für drei Monate in diesem Institut, um in aller Ruhe eine gemeinsame Arbeit zu Ende zu bringen auf dem Gebiet der See- und Landwind-Zirkulation.

Bogo war aus Lille gekommen, wo er fünf Jahre lang als Gast an der Universität hatte arbeiten können. Zu Hause könne er keine philosophische Arbeit finden, weil er weder Nationalist noch Kommunist sei, hat er gesagt.

Das Internationale Forschungsinstitut ist ein Reich für sich. Es steht auf der Höhe der Steilküste, es besteht aus vielen Gästewohnungen, sogenannten Studios, und wenn man Glück hat, bekommt man ein Studio mit Blick auf das Meer. Awa und ich hatten dieses Glück. Bogo blickte aus seinem Studio aufs Hinterland, aber er war es zufrieden. Im Speisesaal traf man alle möglichen Forscher aus allerhand Ländern. Bogo faßte Zutrauen zu uns. Er erzählte, daß er vom «Geheimnisdienst» seines Landes nichts Gutes zu erwarten habe. Deshalb sei er dankbar für den Aufenthalt im Internationalen Forschungsinstitut.

Eines Mittags erschien er im Speisesaal mit zwei halbwüchsigen Jungen. Das seien seine Söhne. Er habe sie aus der Heimat kommen lassen, weil sie zu Hause nicht genug zu essen hätten bei ihrer Mutter, von der er geschieden und die ziemlich arm sei.

Die beiden Jungen durfte er natürlich in seinem Studio unterbringen. Sie aßen, soviel sie nur konnten, aber Bogo mußte für ihre Mahlzeiten etwas bezahlen von seinem Forschungsstipendium, das er eigentlich größtenteils hatte sparen wollen.

Mit der Arbeitsruhe in seinem Studio war es vorbei. «Meine Söhne wollen den ganzen Tag die 30 Fernsehprogramme sehen, die durchs Kabel kommen. Ich weiß nicht», sagte er, «aber was soll ich machen. In der Heimat gibt es kein Kabelsehen.»

Wir rieten Bogo, die Jungen auf Radtouren zu schicken. Schließlich stünden im Keller zwei institutseigene Fahrräder zur allgemeinen Benutzung.

Dieser Rat erlöste Bogo für einige Stunden des Tages von seinen Söhnen.

Bogo vertraute uns an, daß er sich vor seiner Heimat fürchte. Falls der «Geheimnisdienst» ihn in Ruhe lasse, so bleibe er dennoch arbeitslos. Für die beiden Söhne müsse er aber sorgen, denn seine geschiedene Frau, na ja, dankesehr. Übrigens glaube sie, daß er reich sei. Er habe einmal unvorsichtigerweise die Höhe seines Forschungsstipendiums erwähnt; diese Summe, für hiesige Verhältnisse nicht übertrieben hoch, sei für sie unvorstellbar gewesen. Sie habe sogleich den Wunsch geäußert, er möge ihr aus Frankreich ein Paar schicke Stiefel schicken, denn schließlich habe sie die ganze verdammte Arbeit mit seinen Söhnen, während er lebe wie Gott. Er habe ihr die Stiefel geschickt.

Jetzt habe sie brieflich angedeutet, daß sie nichts sehnlicher wünsche als auch einmal sein Gast im Internationalen

Forschungsinstitut zu sein, am besten solange die beiden Söhne sich hier aufhielten. Sie könne am Ende der Ferien mit den beiden in die Heimat zurückfahren.

«Ich weiß nicht», sagte Bogo, «aber was soll ich machen.»

Das Internationale Forschungsinstitut hatte nichts gegen den Aufenthalt der Frau einzuwenden. Bogo sollte nur für ihre Mahlzeiten etwas bezahlen.

Immerhin besaß jedes Studio ein Schlaf- und ein Arbeitszimmer. Im Schlafzimmer konnte Bogo die Frau und die Söhne unterbringen, er selbst schlief im Arbeitszimmer.

Zum Glück gab es in jedem Studio auch eine Teeküche. Bogo erschien nicht mehr mit Frau und Söhnen im Speisesaal, er sparte die Instituts-Mahlzeiten. Lieber gingen alle vier täglich in den Supermarkt und kauften billige Lebensmittel; in der Teeküche wurde für alle vier gekocht, meistens Spaghetti. «Ich kann keine Spaghetti mehr sehen», sagte Bogo nach einer Woche, «aber was soll ich machen.»

Trotz äußerster Sparsamkeit war Bogo nach dem Besuch der Frau und der Söhne so gut wie pleite. Er hatte auch noch die Fahrkarten für die Rückreise seiner Gäste bezahlen müssen. Anders hätten sie gar nicht abreisen können.

Bogo war verzweifelt. Zwar besaß er noch mehrere Pakkungen Spaghetti, aber der kleine Rest seines Forschungsstipendiums reichte einfach nicht mehr bis zum Ende seines Aufenthaltes, und seine Rückfahrt konnte er nicht mehr bezahlen.

In dieser Lage erwies Bogo seine praktische Vernunft. Er fragte uns, ob wir wüßten, wo er sich um ein Anschlußstipendium bewerben könnte. Wir nannten ihm auf Anhieb vier Institutionen. Wir wußten auch, daß der Geschäftsführer einer dieser Institutionen in einem benachbarten Städtchen wohnte, und wir empfahlen Bogo, seinen Antrag bei diesem Geschäftsführer persönlich abzugeben.

Awa meinte, Bogo sei ein Stipendienjäger, aber ich widersprach Awa. «Versetze dich einfach nur in seine Lage», sagte ich.

Es dauerte bloß einen Tag, da kam Bogo und fragte, ob wir ihm behilflich sein könnten bei der Formulierung seines Stipendienantrages. Er sei nur mündlich einigermaßen sicher in unserer Sprache.

Awa blickte von Bogo zu mir. Ich nickte und ging mit Bogo in dessen Studio. Bogos Entwurf war mangelhaft. Gemeinsam formulierten wir Satz für Satz den Antrag, und Satz für Satz schrieb ich den Antrag leserlich auf. Bogo wollte den Antrag abschreiben, und zwar viermal. Er wollte sich bei allen Institutionen, die wir ihm genannt hatten, bewerben.

Am Abend sagte Bogo, er habe diesen Geschäftsführer in dem Nachbarort angerufen. Der habe sich bereit erklärt, Bogo am kommenden Tag zu empfangen.

Allzu nahe liegt dieser Ort allerdings nicht. Für einen Fußmarsch ist es zu weit. Geld für den Omnibus wollte Bogo nicht ausgeben. Er beschloß, mit dem Fahrrad zu fahren. Da stellte sich heraus, daß die beiden institutseigenen Räder defekt waren; Bogos Söhne hatten sie ruiniert.

Bogo war aber ein drittes Fahrrad aufgefallen, das unabgeschlossen an der Hauswand lehnte. Bogo kriegte heraus, daß es dem Hausmeister gehörte, und der war bereit, Bogo das Rad zu leihen.

Niedergeschlagen erzählte Bogo am Abend des nächsten Tages von seiner Radtour. Der Tag war unerwartet heiß gewesen. Anderthalb Stunden hatte Bogo radeln müssen, ehe er endlich, verschwitzt und durstig, am Haus dieses Geschäftsführers angelangt war. Nicht einmal ein Glas Wasser habe er von dem Geschäftsführer bekommen, sagte Bogo. Der Geschäftsführer hatte seine Haustür nur einen Spaltbreit geöffnet und Bogos Antrag mit «Guten Tag» und «Auf Wiedersehen» entgegengenommen.

Auf alle Fälle schickte Bogo jetzt die drei anderen Stipendienanträge ab. «Ich weiß nicht, aber vielleicht», sagte Bogo.

Er wollte allerdings nicht untätig bleiben bis zu einer Antwort aller vier Institutionen.

Deshalb ging er zu einem unweit gelegenen Grundstück, auf dem gerade ein großes Einfamilienhaus zu Ende gebaut worden war. Zu der Hausherrin sagte Bogo, daß er ein Philosoph sei und nur noch wenig Geld besitze von seinem Forschungsstipendium, so daß es nicht mehr reiche bis zum Ende seines Aufenthaltes und schon gar nicht für eine Rückfahrkarte.

«Tja», hatte die Hausherrin gesagt, «Sie können drei Wochen lang täglich drei Stunden das große neue Haus putzen. Dann haben Sie das Geld, das Sie brauchen. Unversteuert. Fangen Sie schon gleich mal an.»

Bogo ging jeden Tag hinüber und putzte von 9 bis 12 Uhr das neue große Haus.

Einmal bin ich ihm kurz nach 12 Uhr begegnet, und er war erschöpft. «Weil ich keine Kondition nicht habe», sagte er, aber die Hausherrin habe gesagt: «Das ist gut für Ihren Kreislauf, Herr Joksimovič, bei Ihrer sitzenden Arbeit als Philosoph.»

Bogo erzählte mir: «Das Haus hat 19 Zimmer und vier Badezimmer und eine Küche so groß wie für ein Hotel, und im Keller einen Swimmingpool, und einen Fahrstuhl mit einem Sessel darin für 2 ½ Etagen. Der Hausherr ist ein großer Mann, er hat zwei Kinder und drei Autos und sieben Fahrräder, und die Hausherrin hat mich gefragt: ‹Sie als Philosoph, soll ich zur Seeseite dunkelblaue oder hellblaue Bleiglasfenster nehmen, und wie sieht das Haus überhaupt von der Seeseite her aus, Herr Joksimovič.› – ‹Schön, wirklich schön›, habe ich gesagt.» Nach einer kurzen Pause sagte Bogo zu mir: «Das alles ist irritierend.»

Bogos Nebentätigkeit sprach sich herum und kam dem Direktorium des Internationalen Forschungsinstituts zu Ohren. Es wurde ihm mitgeteilt, seine Tätigkeit als Reinigungskraft werfe ein schlechtes Licht auf das Internationale Forschungsinstitut, weil in der Öffentlichkeit der Eindruck erweckt werde, die Forschungsstipendiaten könnten nur durch Nebenerwerbstätigkeiten ihren Unterhalt bestreiten; dies sei nachweislich unzutreffend. Zudem werde offenkundig, daß Bogo nicht hinreichend an dem Thema arbeite, für das er das Forschungsstipendium erhalte.

Bogo fragte uns: «Was soll ich machen?»

Awa schwieg.

Ich sagte: «Kümmern Sie sich nicht darum. Das Schlimmste, was Ihnen passieren kann: Sie werden gebeten, das Forschungsinstitut vorzeitig zu verlassen. Aber Ihr Stipendium haben Sie ja schon in der Tasche.»

Bogo sagte: «Mein Gott, jawohl, dankedanke.»

Am selben Tag rief dieser Geschäftsführer aus dem Nachbarort bei Bogo an: «Herr Joksimovič, Sie haben doch schon alle möglichen Stipendien erhalten! Was haben Sie sich eigentlich bei Ihrem Bettelbrief gedacht!»

Bogo sagte zu mir, er habe noch nicht schon alle möglichen Stipendien erhalten, und ein Bettelbrief sei es doch nicht gewesen, nicht wahr?

Aber ihm sei unterdessen die Idee gekommen, Awa und

mich für ein großes Wochenblatt zu interviewen, und zwar über das Ozonloch, die Erderwärmung und die Klimakatastrophe. Was wir davon hielten.

Es ist sicher, daß er sein Salär als Putzhilfe aufbessern wollte, aber ich habe ihn mit der wahren Auskunft beschieden, daß ich noch nie ein Interview gegeben hätte und niemals eines geben würde; diese Auskunft treffe auch auf Awa zu.

Bogos Aufenthalt im Forschungsinstitut ging regulär zu Ende. Das Direktorium hatte es bei seiner warnenden Mitteilung bewenden lassen; das große neue Haus in der Nachbarschaft war vom Keller bis unters Dach geputzt, Bogo hatte von der Hausherrin seinen Lohn bekommen, und in Bogos Studio stapelten sich Koffer und Kartons. Bogo hatte Spaghetti und Konserven eingekauft.

«Ich weiß nicht», sagte Bogo. «Wie soll ich nur das Gepäck zum Bahnhof bringen.»

Das fragte er auch die benachbarte Hausherrin, und sie erklärte sich bereit, ihn mit seinen Kartons und Koffern in ihrem geräumigen Kombi zur Bahn zu bringen.

Am Abend vor seiner Abreise bat Bogo mich in sein Studio. Er bedankte sich mehrmals für die Hilfe, die ich ihm geleistet hätte, und schenkte mir zum Abschied sein jüngstes Buch. Leider sei es in seiner Sprache geschrieben, aber es enthalte eine Zusammenfassung in meiner Sprache, so daß ich mir ein Bild machen könne. Die Zusammenfassung habe er selbst in meiner Sprache abgefaßt.

Ich dankte ihm, gab aber zu bedenken, daß ich Meteorologe sei und wenig von Philosophie verstehe.

In mein Studio zurückgekehrt, las ich die Zusammenfassung. Sie steht unter dem Titel «Unendlich Tausch. Fundamentalontologie als Theorie der Poesie». Ich vertiefte mich in die ersten Sätze: «Das Verhältnis zwischen Fundamentalontologie und Poesie konstituiert sätzliche d. h. ontologische Möglichkeit der gegenseitige unendliche Mit-Verhaltung. Die Befragung nach der Grund des Seins steht in einer Reihe mit der Befragung nach der Grund der Sprache, wobei die Herausspringen des Menschens in das Sein und die Herausspringen der Sprache als Ins-Wort-Entstehung-des-Seins sind das Selbe. Diese Selbe ist eine gegenseitige Verhaltung, ein endlos und unendlich Tausch der ausgängliche und gleichartige Satzpositionen der Poesie und der Ontologie bzw. der Ontologie und der Poesie. Der gegenseitige Verhaltung, das unendlich Tausch, hinweist auf das Mitwesen der Fundamentalontologie und der Poesie in etwas das sammelnde und gegenseitig entdeckende ist in den Richtung des menschliches Wesens und des Menschen-Wesens.»

An dieser Stelle hielt ich inne. Im letzten Viertel der Zusammenfassung las ich weiter: «Unsere Wohnen im Sprache bestimmt sich durch die Weise auf welchem wir – die in der Sprache immer schon wohnen – zu den Struktur des Seins des Daseins selbst gehören.»

Schließlich wandte ich mich dem letzten Satz zu: «Deshalb das Nachdenken dieser unendlich Tausch und dieser endloser wechselnder Verhaltung ist eine vorausgehende und nachträgliche Reflexion über das Wesen der Dichtung und der Denken, der Insprung ins Mitte des Elements der wesentliche Dichten und wesentliche Denken selbst.»

Ich durfte mir nach dieser Lektüre kein Bild von Bogos Buch machen, aber ich enthielt Awa den Text vor, weil ich mich vor einem seiner gefährlichen Ausbrüche in unbeherrschbares Gewieher fürchtete. Es steigt ihm dann das Blut zu Kopfe, er verschluckt sich und schnappt nach Luft. Außerdem hätte es sein können, daß angesichts des Lärms

Bogo herbeigestürzt gekommen wäre, um zu fragen, ob er helfen könne.

Ich habe Bogo dann doch nicht mehr angerufen.

Ich habe Ida getroffen. Sie hatte ein neues Café besuchen wollen, aber nicht allein.

Wir trafen uns im Café. Ida war vor mir dort. Sie war immer vor mir an einem Treffpunkt. Ich war meistens nur pünktlich. Wenn ich mich einmal verspätet hatte, lächelte Ida eigentümlich heiter, sagte aber nichts.

Ich hatte gemeint, Ida werde die Vorwürfe wiederholen, von denen Awa mir erzählt hatte.

Ida hat sich trotz der Arbeit ihre Schönheit bewahrt. Es ist nicht das Haar, es sind nicht die ebenmäßigen Gesichtszüge, es ist die wissende Heiterkeit. Ich habe ihr das nicht gesagt.

Ida sagte: «Ich habe von Awa gehört, daß du Fälle sammelst.»

«Awa tut das auch», sagte ich. «Wir tun es gemeinsam.»

Ich ärgerte mich über meinen rechtfertigenden Ton. Überhaupt wollte ich Ida nicht zu Rate ziehen.

Ida kam auf dem kürzesten Weg zum Kern der Sache, wie sie sie versteht. «Es mag ja alles durchaus interessant sein, womit ihr euch in letzter Zeit beschäftigt. Aber nüchtern betrachtet wirkt eure penible Datenklauberei auf diesem Gebiet leicht lächerlich. Ihr seid eben Meteorologen. In der Meteorologie gibt es keine Gerechtigkeit. Meinetwegen tut es aus Mitgefühl.»

6

Mit Weimar hat Awa sich wenig beschäftigt.

Ich sagte: «1938 wurden 350 Häftlinge beim Bau der ‹Willy-Marschler-Siedlung› eingesetzt. Sie wurden am Morgen aus dem Lager nach Weimar gefahren, auf den Baustellen von der SS bewacht und am Abend ins Lager zurückgebracht. Die fachliche Aufsicht hatten deutsche Bauleute.

Wenn ein Häftling ein Facharbeiter war, dann kostete er pro Arbeitstag 5,– Reichsmark. Ein Häftlings-Hilfsarbeiter kostete 3,– Reichsmark.

Das erste ständige Häftlings-Arbeitskommando in Weimar war das Kommando ‹Polizei Weimar› seit Dezember 1938. In der Harthstraße wurde eine neue Polizeikaserne gebaut; hier mußten die Häftlinge arbeiten. Es gab auch andere Häftlingskommandos bei der Weimarer Polizei, zum Beispiel das Kommando ‹Schuhmacher und Schneider›. Bewacher in den Polizeiwerkstätten waren ab 1939 immer häufiger Reservisten.

Die Vermietung von Häftlingen aus dem Konzentrationslager Buchenwald allein an private Betriebe brachte der SS zwischen März 1940 und März 1941 16 578,– Reichsmark ein.

Seit Oktober 1941 wurden sowjetische Kriegsgefangene an das Staatsgut Oberweimar, an die Sächsisch-Thüringische Straßenbaugesellschaft für Baustellen in Weimar und an Weimarer Privatfirmen vermietet, zum Beispiel an den Obst- und Gemüsegroßhändler Mennong und an die Speditionsfirma Staupendahl.

Die Russen kamen die Betriebe und Firmen billiger, sie kosteten manchmal bloß 2,– Reichsmark pro Tag.

Die Russenkommandos fielen in der Stadt besonders

auf, weil die Gefangenen Holzpantoffeln und zerfetzte Mäntel trugen.»

Awa fragte: «Ob die Weimarer mit diesen Russen Mitleid hatten? Oder fühlten sie sich nur gestört durch den Anblick.»

«Viele KZ-Häftlinge mußten mitten in Weimar auf der riesigen Baustelle Gauforum arbeiten.

Ab März 1942 stieg die Zahl der Arbeitseinsätze von Häftlingen extrem. Die Gustloff-Werke in Buchenwald und Weimar bekamen jetzt Tausende von Häftlingen. In den Gustloff-Werken wurden Karabiner ‹K98k›, automatische Sturmgewehre und Geschützteile hergestellt.

Aber auch in den Privatbetrieben nahm die Zahl der Häftlingsarbeiter zu. Seit Ende 1942 gab es für die Privatwirtschaft einheitliche Preise. Ein Facharbeiter-Häftling kostete jetzt pro Tag 6,– Reichsmark, ein Hilfsarbeiter-Häftling 4,– Reichsmark. Mindestens 60 Weimarer Firmen und Behörden benutzten zwischen 1942 und 1945 Buchenwald-Häftlinge als billige Arbeitskräfte. Zum Beispiel beim Bau der Großmarkthalle Weimar die Betonbaufirma W. Kilbert, die Parkettfirma Emil Gottschalk, das Stuck- und Kunsteisengeschäft Ernst Lungwitz und die Firma für Heizungs- und Lüftungsbau Carl Deiring.

Sogar im Hotel Elephant mußten im März 1945 zehn KZ-Häftlinge arbeiten.

Die städtischen Behörden von Weimar kamen nach den Fliegerangriffen im August 1944 und im Februar 1945 gar nicht mehr ohne die Arbeit der KZ-Häftlinge aus, die den Schutt wegräumen und nach Blindgängern suchen mußten. Es gab in Weimar Ende März 1945 Häftlingskommandos mit Namen wie ‹Friedhof Weimar›, ‹Stadtbauamt›, ‹Straßenbau Weimar›.»

«Das heißt, die KZ-Häftlinge gehörten zum Weimarer Straßenbild. Für jeden Passanten», sagte Awa.

«Nicht nur das. In den kleineren Betrieben und in den beiden Gustloff-Werken arbeiteten Zivilarbeiter und KZ-Häftlinge tagtäglich eng zusammen. Oder war es in Weimar kein Gesprächsthema, daß bei dem Fliegerangriff am 9. Februar 1945 auf das Gustloff-Werk I 300 KZ-Häftlinge und 91 Zivilarbeiter ums Leben kamen?»

«Häftlinge aus dem KZ Buchenwald waren für Weimarer Firmen und Einrichtungen tätig. Und Weimarer Firmen und Einrichtungen waren tätig für das KZ Buchenwald?»

«Mindestens 40 Weimarer Firmen hatten zwischen 1937 und 1945 geschäftliche Kontakte zum Konzentrationslager. Nimm die Versorgung des Lagers mit Lebensmitteln. Sie lag beinahe vollständig in den Händen von Firmen in Weimar und von Bauern in den Dörfern der Umgebung. Zwischen September 1939 und November 1942 war der Lebensmittelhändler Thilo Bornschein der alleinige Lieferant von Lebensmitteln für das Häftlingslager und für die SS-Verbände. Mit seinen Lieferungen hatte er schon im Juli 1937 begonnen, und die SS war mit ihm besonders zufrieden, weil er die Lieferungen stets bewältigte, obwohl der Höhenweg zum Lager noch nicht ausgebaut war. Der Fleischermeister Karl Daniel hat allein von Februar 1944 bis April 1945 über 600 000 Kilo Wurst an das Lager geliefert; die Wurst war häufig verdorben. Der Bäckermeister Kurth lieferte zwischen 1940 und 1942 Waren im Wert von mehr als 58 000,- Reichsmark. Steckrüben und Kartoffeln kamen von den Großhändlern Christian Schönstedt und Richard Goldau. Die Weimarer Raiffeisengenossenschaft schickte Erbsen, Mehl und Stroh, der Schlachthof Weimar Freibankfleisch. Das Bier für die SS kam von der Stadtbrauerei L.

Deinhardt. Gutes Fleisch und Fleischkonserven für die SS schickten die Thüringischen Fleischwerke GmbH.

Ein Bauer aus Hottelstedt brachte im Herbst und Winter zweimal täglich Kartoffeln ins Lager, im Auftrag der Weimarer Großhandlung Gans.

Meistens schafften die Firmen ihre Waren selbst ins Lager. Andere beauftragten Weimarer Speditionsfirmen, zum Beispiel die Spedition Werner Staupendahl, mit dem Transport. Die Firmenfahrer und die Fuhrunternehmer durften nach einer Kontrolle bis ins Häftlingslager fahren, zur Häftlingskantine. Oder in den Bereich der SS-Kasernen, zum Wirtschaftsgebäude der SS. Die Fahrer durften nach getaner Arbeit sogar im SS-Kasino einen Schnaps oder ein Bier trinken. Zivilisten, die in den Lagerbereich gelassen wurden, besaßen einen blauen Ausweis der Kommandantur und mußten eine weiße Armbinde tragen. Sie waren dazu verpflichtet, über alles, was das KZ betraf, Stillschweigen zu bewahren.»

«Ob sie sich an das Schweigegebot gehalten haben?»

«Glaubst du das? Ein Firmenfahrer bringt regelmäßig Waren ins Konzentrationslager und erzählt seiner Frau nicht, was er im Lager gesehen hat? Natürlich unter dem sogenannten Siegel der Verschwiegenheit. Und seine Frau erzählt ihrer Freundin nichts davon, unter demselben Siegel?

Im KZ wurden Kohle und Brennholz gebraucht. Die lieferte die Kohlehandlung Wilhelm Klawitter. Der Korbmacher Gundermann lieferte Rohrstöcke, die Firma Gummi-Wille Verbandskästen, die Druckerei Richard Borkmann Packpapier und Verwaltungsformulare. Der Buchbinder Friedrich Gutmann lieferte Urnenkartons, in denen Urnen an Angehörige verschickt wurden, und der Buchbinder A.

Oswald übernahm die Bindung der Sterbebücher aus dem Buchenwalder Standesamt.

Die Centralverwaltung für Secundairbahnen Hermann Bachtein in Weimar betrieb die Eisenbahnlinie Weimar-Buchenwald, die Kommunale Verkehrsgesellschaft Weimar den Omnibusverkehr nach Buchenwald, Reichsbank und Städtische Sparbank erledigten für die KZ-Verwaltung die Kontenführung. Im Städtischen Krankenhaus Weimar wurden KZ-Häftlinge sterilisiert. Das Nationaltheater Weimar veranstaltete in Buchenwald Aufführungen für die SS.»

«Es reicht», sagte Awa.

«Am 11. April 1945 besetzten amerikanische Truppen Weimar. Am 14. April wurde der bisherige Stellvertretende Bürgermeister Erich Kloss von der Besatzungsbehörde als kommissarischer Oberbürgermeister eingesetzt. Einen Tag darauf ließ George S. Patton, General der III. US-Armee, Erich Kloss zu sich rufen. General Patton erteilte Kloss den Befehl, für den nächsten Tag wenigstens tausend Weimarer Einwohner zusammenzuholen, die das KZ Buchenwald zu besichtigen hätten. Die Weimarer sollten sich ein Bild von dem Lager und den Zuständen dort machen, bevor diese Zustände geändert würden. Die Leute hätten zwischen 18 und 45 Jahren alt zu sein, die Hälfte Männer, die Hälfte Frauen, ein Drittel aus einfachen, zwei Drittel aus wohlhabenderen Schichten, möglichst viele NSDAP-Mitglieder.

Kloss beauftragte die Weimarer Polizei mit der Aktion.

Am nächsten Vormittag fanden sich mehr als tausend Weimarer Einwohner am Bahnhof ein. Gegen Mittag marschierte die Menge nach Buchenwald los. Der kommissarische Oberbürgermeister Kloss war auch dabei. Auf dem Appellplatz des Lagers teilten die Amerikaner die Angekommenen in Gruppen von jeweils zirka 100 Leuten ein, die sodann von amerikanischen Offizieren durch das Lager geführt wurden. Die Leute mußten das Krematorium sehen, die geöffneten sechs Brennöfen, in denen halbverbrannte Leichen lagen, die Leichenstapel im Hof des Krematoriums, den ‹Bock›, auf dem Häftlinge ausgepeitscht worden waren, den Pfahl, an dem man Häftlinge, die Arme nach hinten gebogen, an den Händen aufgehängt hatte, in der Fleckfieberversuchsstation den Lampenschirm aus Menschenhaut und die Schrumpfköpfe. Man führte die Leute in den sogenannten Bunker mit den Folterzellen und in einzelne Häftlingsbaracken. In den Baracken überall halbverhungerte Männer. Und die Weimarer mußten die 900 abgemagerten Kinder sehen, Jungen unter 14 Jahren, die wie alte Männer aussahen.

In dem befreiten Lager lebten noch 21 000 ehemalige Häftlinge. An jeder Stelle erklärten die amerikanischen Offiziere den Weimarern, was sie da sahen. Die Weimarer konnten die ehemaligen Häftlinge direkt befragen.»

«Was haben die Weimarer nach dem Ausflug ins Lager gesagt?»

«Frag lieber, was die amerikanischen Offiziere während der Lagerbesichtigung zu den Weimarern gesagt haben. Daß die Weimarer hätten wissen müssen, was im Lager vorgegangen sei, und daß sie moralisch mitschuldig seien.»

«Das hat wahrscheinlich niemand gerne gehört.»

«Die Amerikaner haben Filmaufnahmen von den Leuten aus Weimar gemacht, die das Lager besichtigen mußten. Viele Leute waren entsetzt und schockiert. Frauen haben geweint, manche Frauen sind in Ohnmacht gefallen.»

«Na schön, nicht jede oder jeder konnte ahnen oder wissen, was im Lager passiert war. Und manche Dinge konnten sie überhaupt nicht wissen.»

«Aber vieles konnten sie wissen, und das haben sie auch gewußt.»

«Das beste für die Weimarer war es, nichts zu wissen und unschuldig rumzustehen. Wenn du lange genug glaubst, daß du von etwas nichts weißt, dann weißt du am Ende wirklich nichts davon.»

«Am 18. April schrieb der kommissarische Oberbürgermeister Kloss eine Erklärung. Er war am 16. April bei der Lagerbesichtigung dabeigewesen und berief sich auf Äußerungen Weimarer Einwohner, sie erwarteten nach der Besichtigung des Konzentrationslagers, daß auch diejenigen Verbrechen gesühnt würden, die im Lager an Deutschen begangen worden seien. Kloss gab diese Erklärung im Namen von vier angesehenen Bürgern ab, unter denen Hans Wahl, der Direktor des Goethe-Nationalmuseums, und der Schriftsteller Heinrich Lilienfein, Generalsekretär der Deutschen Schillerstiftung, sich befanden.»

«Eine Sache der Ehre.»

«Am 22. April setzte die evangelische Kirche nach. Propst Kade ließ beim Gottesdienst einen Text verlesen. Bei der Besichtigung des Konzentrationslagers seien Vorgänge ans Licht gekommen, ‹die uns bisher völlig unbekannt waren ... wir dürfen vor Gott bekennen, daß wir keinerlei Mitschuld an diesen Greueln haben.›

Der kommissarische Oberbürgermeister Kloss wurde am 1. Mai von dem früheren Vize-Stadtratsvorsitzenden Fritz Behr abgelöst, der seit August 1944 Häftling im Konzentrationslager gewesen war.»

«Jetzt wendete sich das Blatt.»

«I wo. Schon am 1. Mai hat der neue Oberbürgermeister Behr einen Brief an den amerikanischen Militär-Gouverneur William M. Brown geschrieben. Der Brief war auch unterzeichnet von Propst Kade, vom römisch-katholischen Dechanten Breitung und vom Leiter der Weimarer Kulturstätten Hans Wahl. Aus Presse- und Rundfunkberichten der alliierten Mächte gehe die Auffassung hervor, die Einwohnerschaft von Weimar und Umgebung habe von den Greueln im Konzentrationslager Buchenwald Kenntnis gehabt und dazu geschwiegen; sie sei daher als moralisch mitschuldig anzusehen. Dieser Vorwurf werde zu Unrecht erhoben. Man appelliere an das Gerechtigkeitsgefühl der Welt und bitte darum, die alte Kulturstadt Weimar nicht mit einem Makel zu behaften, den sie nicht verdient habe.»

«Die Weimarer hatten Angst vor Vergeltung.»

«Das Wörtlein ‹Kulturstadt› war der Schutzschild. Dahinter konnte man alles verstecken», sagte ich.

«Dafür mußten Goethe und Schiller herhalten und sonstwer noch, Herder, Wieland etcetera.»

«Später galten die Kulturstadt Weimar und das Konzentrationslager Buchenwald sogar als unvereinbar. Das kulturelle Herz Deutschlands und das Mordlager, die sollten nichts miteinander zu tun haben. Der gute Geist von Weimar hatte endlich über das Mörder-Intermezzo gesiegt. Dazu paßt die Selbstbefreiung des Lagers, die von den deutschen Kommunisten angeführt worden sein soll. Im Geiste des deutschen Kommunistenführers Ernst Thälmann, der 1944 in Buchenwald ermordet worden war. Da hatte man es nach dem Krieg hübsch beisammen: Goethe, Weimar und die Kommunisten vereint – gegen die Hitlerfaschisten.»

«Es gab doch einen Roman», sagte Awa. «Ein polnischer Jude, der mit einem Transport aus dem Osten nach Buchenwald kommt, schmuggelt in seinem Koffer ein elternloses jüdisches Kind ins Lager. Kommunistische Häftlinge verstecken den dreijährigen Jungen bis zuletzt vor der SS. Der Roman endet mit der Selbstbefreiung des Lagers.»

«Der Roman stammt von Bruno Apitz, der von 1937 bis 1945 Buchenwald-Häftling war.»

«Der hat wissen müssen, wie es war.»

«Aber seine Geschichte stimmt nicht. Der kleine Junge war nicht ins Lager geschmuggelt worden. Er verdankte seine Rettung nicht dem Versteck. Und eine Selbstbefreiung des Lagers gab es auch nicht. Bei Apitz haben die Kommunisten den Faschismus besiegt, wenigstens in Buchenwald. In Wirklichkeit waren es amerikanische Truppen, die mit der SS in Buchenwald Schluß gemacht haben. Das war am 11. April 1945. Die ersten zwei amerikanischen Panzer kamen um 13 Uhr in die Nähe des Steinbruchs. Um 14 Uhr erreichten 12 Panzer das nördliche Lagergebiet. Sie verwikkelten die SS in schwere Gefechte und überrollten 14 Uhr 30 den SS-Bereich. Um 14 Uhr 45 begann eine Häftlingsaktion; SS-Leute, die nicht mehr fliehen konnten, wurden entwaffnet, das Lager wurde von den Häftlingen übernommen.»

7

Antonio ist in der Stadt. Er nimmt an der Konferenz teil über das polare Ozonminimum im Winter. Ich bin dieser Konferenzen überdrüssig. Die selbstsicheren Koryphäen in ihren sportlich-eleganten Anzügen mit den unübersehbaren Namensschildern am Revers stören mich gar nicht mehr. Aber ich kann nicht wie früher ganze Vormittage lang stillsitzen und Vorträge anhören. Entweder ich schlafe ein oder ich werde immer nervöser. Antonio ist weniger an der Konferenz als an der Reisemöglichkeit interessiert. Dennoch sitzt er ganze Vormittage lang im Plenarsaal. Er beteiligt sich auch an den Diskussionen. Das weiß ich von früher, und er hat es uns bestätigt, als wir in unserem Stammlokal saßen. Einen Vortrag zu halten, dazu ist er jetzt zu bequem, aber mitreden, das gefällt ihm noch. Er hat auch immer etwas zu sagen. Seine Diskussionsbeiträge sind beliebt oder gefürchtet. Das liegt nicht nur an seiner fachlichen Kompetenz, sondern auch an seiner unkonventionellen Art. Ich entsinne mich, daß er einen Moderator, der immerhin ein meteorologischer Fachkollege ist, aus dem Saal heraus aufgefordert hat, vom Podium herunterzukommen und Meteorologie zu studieren.

Wir treffen uns während der Konferenz fast jeden Abend in unserem Stammlokal. Es hat weit und breit die besten alimentari, und Antonio genießt es, in seiner Sprache mit dem Koch zu parlieren.

Seit zwei Jahren ist Antonio mit Gabriella verheiratet. Sie ist zehn Jahre jünger als er. Sie arbeitet an leitender Stelle in einem städtischen Ingenieurbüro. Ihre drei Söhne aus der ersten Ehe sind erwachsen und unabhängig. Ihr geschiedener Mann ist ein kleiner Beamter, dem es ständig an Geld fehlt.

Antonio ist vor drei Jahren in Gabriellas Haus gezogen. Sie gibt ihm das Gefühl, das Haus sei sein Haus. Sie hat ein Auto gekauft, das Antonio fährt. Sie macht ihm Frühstück, bevor sie zu ihrer Arbeit geht. Sie kauft auf dem Rückweg ein und schleppt die Einkäufe nach Hause. Am Abend kocht sie für ihn.

Antonio sitzt den ganzen Tag zu Hause und schreibt an einer endlosen meteorologischen Abhandlung. Wenn er verreisen will, kauft Gabriella das Ticket, packt ihm den Koffer, gibt ihm Geschenke für seine Freunde mit. Ohne Gabriella ist Antonio hilflos. «Sie ist ein Engel», sagt Antonio manchmal, «sie hat mich gerettet.»

Ich erinnere mich an die Hochzeit. Wir waren eingeladen, in Gabriellas Haus zu wohnen, und die weite Reise zu Antonio und Gabriella war für uns selbstverständlich.

Wir kannten Gabriella seit einem Besuch, den Antonio mit ihr vor vier Jahren in Deutschland gemacht hatte. Damals hatte ich zu Antonio gesagt: «Heirate Gabriella. Eine bessere Frau wirst du nicht mehr finden.»

Kurz vor der Trauung sagte Antonio in Gabriellas Haus zu mir: «Du bist schuld. Du hast mich gezwungen, Gabriella zu heiraten.»

Die Hochzeitsfeier muß sehr teuer für Gabriella gewesen sein. Zum Festessen in einem renommierten Restaurant waren 80 Gäste geladen. Während des Essens setzte Antonio sich kurz zu mir und sagte: «Jetzt kann ich mich scheiden lassen.»

Am nächsten Tag wollte Antonio mich dazu überreden, auch zu heiraten. «Wen?» sagte ich. Antonio sagte: «Ich verschaff dir 'ne Braut, die küßt dir die Füß.»

Gabriellas jüngster Sohn war auch zu Gast. Er war damals 20 Jahre alt. Gabriella steckte ihm heimlich Geld zu, aber Antonio hatte es bemerkt. Zu mir sagte er: «Sie gibt auch ihrem geschiedenen Mann Geld. Ich habe zu ihr gesagt: ‹Wozu gibst du ihm Geld. Gib es lieber mir.›»

Vor fünf Jahren hatte Antonio schon einmal an einer Konferenz in unserer Stadt teilgenommen. Damals lebte er noch mit Giulia zusammen, in deren Wohnung in Rom. Während der Konferenz hatte er sich mit Karen zusammengetan, einer jungen Mitarbeiterin unseres Instituts. Sie zog zu ihm ins Hotel, und wir trafen uns in den Sitzungspausen öfter in einem Café am nahegelegenen Markt. Antonio hatte Karen von Giulia erzählt und daß es vorbei sei mit Giulia. Er hatte Karen vorgeschlagen, zu ihm nach Rom zu ziehen. Daß er keine Wohnung besaß, hatte er ihr nicht erzählt.

Am dritten Konferenztag mußte Antonio plötzlich abreisen, obwohl er am folgenden Vormittag eine Podiumsdiskussion hätte moderieren sollen. Antonio nahm mich kurz vor seiner Abreise beiseite und sagte: «Gestern abend hat Giulia im Hotel angerufen. Sie hat beim Empfang nach meiner Frau verlangt, und die Empfangsdame hat geantwortet, meine Frau habe das Hotel zusammen mit mir gerade verlassen, um zum Abendessen zu gehen. So hat die Empfangsdame es mir erzählt. Heute morgen hat Giulia wieder angerufen. Ich habe den Hörer abgenommen, und Giulia hat gesagt: ‹Komm sofort nach Rom, sonst werfe ich deine Abhandlungen und Klamotten auf die Straße. In Rom regnet es gerade.›»

«Was hast du geantwortet?»

«Ich habe gesagt: ‹Ich komme.›»

«Und Karen?»

«Karen habe ich gestanden, daß es mit Giulia noch nicht ganz vorbei gewesen sei, aber jetzt sei es bestimmt vorbei.

Ich habe Karen gebeten, nach Rom zu kommen, sobald ich eine eigene Wohnung hätte.»

«Und?»

«Karen hat ihre Sachen geschnappt und ist ohne ein Wort weg.»

Antonio flog nach Rom und blieb bei Giulia, aber nicht mehr lange.

Awa hat Antonio gestern abend gefragt: «Denkst du noch an Giulia?»

«Aber sicher», hat Antonio gesagt. «Nach meiner überstürzten Rückkehr von der Konferenz, besser gesagt: von Karen, hat Giulia mich regelrecht verfolgt. Kein Tag ohne Vorwürfe. Kein Tag ohne Beschimpfungen. Aber auch kein Tag ohne: ‹Wir wollen heiraten.› Ich habe zu ihr gesagt: ‹Wer will uns schon heiraten.› Ich konnte das Leben mit Giulia nicht mehr ertragen. Ich hatte inzwischen Gabriella kennengelernt und bin zu ihr gezogen. Immerhin hatte ich nach der Sache mit Karen noch zwei Jahre bei Giulia zugebracht. Giulia rief jeden Tag an und beschwor mich, zu ihr zurückzukommen. ‹Was willst du denn bei Gabriella. Hat sie mehr zu bieten als ich?› Als Giulia erfahren hatte, daß ich Gabriella geheiratet habe, wollte sie nicht mehr leben. Ihr wißt, daß sie bald darauf tot in ihrer Wohnung gefunden wurde. Herzinfarkt, hieß es.»

«Und Karen? Sie war gestern auf der Konferenz.»

«Karen ist souverän. Sie läßt mich eine spöttische Distanz fühlen, aber sie redet mit mir.»

«Du hast ja Gabriella.»

Antonio schwieg lange.

Awa, der weiß, daß Antonios erste Frau seit Jahren in einer psychiatrischen Klinik lebt, und der weiß, daß Antonio mit seiner ersten Frau einen Sohn namens Stefano hat, der mittlerweile 30 Jahre alt ist, sagte unvermittelt: «Ich erinnere mich, daß ich vor einigen Jahren mit dir und Stefano im Auto durch Rom fuhr. Stefano beugte sich plötzlich vor und sagte zu mir: ‹Antonio ist ein ganz mieser Vater, aber ein großer Meteorologe.›»

Antonio sagte: «Gabriella kümmert sich viel um Stefano und seine Mutter. Sie lädt Stefano oft zum Essen ein; sie fährt mit Stefano in die psychiatrische Klinik und bringt seiner Mutter Schokolade und schöne Kleider, die sie selbst nicht mehr trägt. Kürzlich hat Stefanos Mutter zu Stefano gesagt: ‹Stefano, ist das deine Frau? Sie hat ein gutes Herz›. Stefano hat nichts gesagt, Gabriella hat nichts gesagt.»

Antonio hat nach Ida gefragt. «Wo haltet ihr sie versteckt?»

Awa schüttelte nur den Kopf.

Ich habe Antonio geantwortet: «Ida verachtet unsere Männerrunden. Sie ist zu nüchtern, um in den Dingen mehr zu sehen als wirklich da ist. Das hat sie längst auf Personen übertragen. Du solltest dich vorsehen. An dir hat sie alle Charakterzüge ausgemacht, die sie an Männern verabscheut.»

«An mir?»

«Deine Unwahrhaftigkeit gegenüber Frauen.»

«Das hat sie gesagt?»

«Es wird dir nicht gelingen, dich vor Ida zu verstellen. Sie durchschaut es.»

«Sie kennt mich nicht gut genug.»

«Deine Weibergeschichten kennt sie zur Genüge. Deine Verschlagenheit.»

«Also hör mal.»

«Deinen Hang zum Lügen.»

«Bist du verrückt?»

«Deine Treulosigkeit.»

«Das ist doch lächerlich.»

«Deine Verräterei.»

«Was sind das für Kategorien!»

«Dein Undank Frauen gegenüber.»

Antonio sah mich an und sagte: «Du bist ein Fossil. Deine Urteile zeugen von schlimmstem Spießertum. Sind wir Freunde? Wären wir es nicht, müßte ich jetzt gehen. Andererseits, wie kann ich mit dir wirklich befreundet sein bei deinen Ansichten über mich. Bin ich ein verschlagener Lügner? Bin ich ein treuloser Verräter? Bin ich undankbar?»

«Alles, aber nur Frauen gegenüber.»

«Jetzt fehlt nur noch, daß du mich als Vergewaltiger bezeichnest.»

«Das nicht.»

Awa sagte: «Jetzt laßt es gut sein.»

«Noch nie hat mir jemand solche Dinge an den Kopf geworfen.»

Ich sagte: «Außer vielleicht eine Frau?»

«Ich bin verstimmt.»

«Das genügt mir.»

Awa meinte: «Schluß damit.»

Antonio hob sein Glas, nickte mir zu und sagte: «Wir wollen uns wieder vertragen. Aber der Groll bleibt.»

8

«Nach der Befreiung des Konzentrationslagers Buchenwald wurden 904 Kinder und Jugendliche als Lagerinsassen vorgefunden.»

Awa sagte: «So viele? Das habe ich nicht gewußt. Ich dachte, es gab nur ein einziges Kind im Lager, und das hätten die Kommunisten versteckt gehalten.»

«Der jüngste Überlebende war der vierjährige Stefan Jerzy Zweig.»

«War das der Junge aus dem Roman von Apitz?»

«Ja.»

«Was passierte mit dem Jungen wirklich. Woher kam er.»

«Der Vater des Jungen war Zacharias Zweig, ein jüdischer Rechtsanwalt aus Krakau. Er, seine Frau und die beiden Kinder, eine Tochter und der Sohn Jerzy, hatten schon das Ghetto Podgorze, die Lager Biezanow und Plaszow durchlitten, als sie im November 1943 in das Lager Skarzysk-Kamienna gebracht wurden. Angesichts der näherrükkenden Russen wurden die meisten Häftlinge des Lagers Ende Juli 1944 abtransportiert. Die Tochter der Zweigs war damals zehneinhalb Jahre, Jerzy war dreieinhalb Jahre alt. Zacharias Zweig beriet sich mit seiner Frau, und sie beschlossen, daß er den Jungen, sie die Tochter behalten sollte. Am 30. oder 31. Juli 1944 wurden Frauen und Männer getrennt in Waggons gepfercht, die nach Deutschland fuhren. Zacharias Zweig hatte in einem Männerwaggon den kleinen Jungen bei sich, seine Frau in einem Frauenwaggon die Tochter.

Vor der Abfahrt warf die SS Brot in den Waggon. In dem Viehwaggon waren 100 Menschen eingesperrt. Die Waggontür wurde zugenagelt. Es blieb in der Wand des Waggons, knapp unterhalb der Decke, eine kleine Öffnung, eine Art Fenster, das mit Stacheldraht versperrt war. Der Zug fuhr am späten Abend los. Es gab kein Licht, kein Wasser, keine Behälter für die Notdurft. Zacharias Zweig fand während der Nacht Platz, um sich auf den Rücken zu legen. Den Jungen legte er sich auf den Bauch. Aber im Halbschlaf kam ihm der Junge abhanden. Er suchte das Kind, und das Kind suchte ihn und weinte sehr. Am darauffolgenden Tag weinte der Junge beinahe unentwegt. Er verlangte nach seiner Mutter, und er wollte Wasser.

Nach vier oder fünf Tagen hielt der Zug in der Nähe von Leipzig. Zacharias Zweig sah durch einen Spalt in der Waggonwand, daß die Frauen ausgeladen wurden. Seine Frau und die Tochter konnte er nicht entdecken. Die Frauen wurden zu einer nahegelegenen Fabrik getrieben, an der ‹Hasag Leipzig Schönewald› zu lesen war.

Der Zug fuhr weiter. Am folgenden Tag, es war der 5. August 1944, hielt der Transport auf der Bahnstation Buchenwald. Die Männer sollten jetzt den Zug verlassen. Zacharias Zweig wollte seinen Sohn im Rucksack verstecken, aber dazu war er zu schwach. Er kletterte mit dem Kleinen aus dem Waggon.

Umgeben von unzähligen SS-Wachen mußten die Männer zu Fuß von der Bahnstation zum Eingang des Konzentrationslagers gehen. Am 5. August war es sehr heiß. Zacharias Zweig hatte es nicht geschafft, seinem Sohn die Gummischuhe anzuziehen. Die Männer und das Kind waren durstig, hungrig und verschmutzt.

Vor dem Lagertor wurden die Ankömmlinge von den SS-Wachen zu Fünferreihen geordnet. Jerzy stand barfuß, die Gummischuhe in den Händen, neben vier Erwachsenen in einer Fünferreihe, hinter seinem Vater. Die SS-Wachen waren angesichts des kleinen Jungen merklich irritiert. Zacharias Zweig bemerkte, daß Häftlinge durch den Stacheldrahtzaun auf das Kind starrten. Er bemerkte auch, daß SS-Männer und SS-Frauen aus den Kasernen zum Tor gelaufen kamen. Er hörte sogar, daß SS-Wachen einander auf das Kind aufmerksam machten.

Der zu Fünferreihen geordnete Transport zählte ungefähr 2000 Männer. Das Lagertor wurde geöffnet, und die Kolonne zog ins Lager.»

«Also, das Kind steckte nicht in einem Koffer.»

«Ach was. Auf halbem Weg zum Bad mußte die Kolonne anhalten. Ein SS-Offizier rief: ‹Wo ist der Mann mit dem Kind? Raustreten!›

Zacharias Zweig, seinen Sohn an der Hand, trat vor, stand stramm und nahm die Mütze vom Kopf. Der 3½-jährige Jerzy mit seinem blonden Haar, seinen blauen Augen, barfüßig, noch immer die Gummischuhe in der Rechten, wirkte trotz seiner Müdigkeit, trotz Hungers und Durst, heiter. Er interessierte sich für die glänzenden schwarzen Stiefel des SS-Offiziers. Der fragte Zacharias Zweig: ‹Wieso bist du mit dem Kind hierhergekommen?›

Zacharias Zweig sagte, das Kind sei mit ihm im Lager Skarzysk-Kamienna gewesen, wo es erlaubt war, daß Kinder bei ihren Eltern blieben. Der Junge habe auch auf der Transportliste gestanden. Er bat den SS-Offizier, das Kind im Lager zu lassen. Er werde es von seiner Zuteilung ernähren, und die Anwesenheit des Kindes werde sich günstig auf seine Arbeitsleistung auswirken.

Der SS-Offizier hörte genau zu, blickte von Zeit zu Zeit auf das Kind und sagte: ‹Gut, das Kind bleibt bei dir.›»

«Das begreife ich nicht.»

«Jerzy war zwar das erste Kind unter 12 Jahren im Lager Buchenwald. Aber er hatte tatsächlich auf der Transportliste gestanden und wurde erst einmal als offizieller Zugang behandelt. Anders wäre er wahrscheinlich gar nicht erst mit der Kolonne ins Bad gekommen, sondern sofort herausgenommen und bald ermordet worden. Jerzy ging also mit ins Bad.»

«Und? Weiter?»

«Zacharias und Jerzy Zweig wurden vor dem Bad aus der Menge der Männer herausgefischt und festgehalten.»

«Von wem.»

«Von deutschen Funktionshäftlingen. Sie gehörten zur legalen Häftlingsverwaltung, die die SS eingerichtet hatte, um die Lagerordnung zu garantieren. Häftlinge als Aufsicht über andere Häftlinge, sogenannte Kapos. Einer fragte Zacharias Zweig in deutscher Sprache nach seinem Beruf. Zweig sprach Deutsch, aber er zögerte, weil der Mann Zivilkleidung trug. Zweig wußte nicht, ob es sich um einen Häftling handelte. Er hätte es aber an dem roten Dreieck erkennen können, das der Mann auf der linken Brustseite seiner Jacke trug. Der Mann sagte, er sei selber Häftling, wandte sich an einen anderen und bat den, mit Zweig zu sprechen. Der andere sagte auf polnisch, sie seien alle Häftlinge, und er rate Zweig, seinen Beruf zu nennen. Das sei wichtig, denn sie hätten beschlossen, das Kind zu retten und auch ihm, dem Vater, zu helfen. Sie würden sich darum kümmern, daß er mit dem Kind im Lager bleiben könne. Wenn es Zweig bis zu diesem Tag gelungen sei, sein Kind am Leben zu erhalten, dann verkörpere das Kind ein Symbol des Widerstandes gegen Hitler und müsse bewahrt werden.

Jetzt faßte Zweig Vertrauen und sagte, er sei ein jüdischer Rechtsanwalt aus Krakau.

Der Mann, der polnisch sprach, beruhigte Zweig. Wegen seines Berufes brauche er sich nicht zu ängstigen. Sie würden ihn als Arbeiter einsetzen und auf ihn achtgeben. Momentan hätten sie Einfluß auf die Lage von Häftlingen, auf ihr Schicksal, sagte er. Jetzt müsse Zweig mit seinem Sohn erst einmal ins Bad. Danach kämen alle Männer zur Quarantäne ins ‹Kleine Lager›. Den Jungen aber würden sie woanders unterbringen. Im ‹Kleinen Lager› sei er nicht sicher.»

«Was heißt ‹Kleines Lager›», fragte Awa.

«Ein Lager im Lager. Eine besondere Zone. Angeblich Quarantänelager. Die Baracken waren ursprünglich als Pferdeställe gedacht, ohne Fenster, 40 Meter lang, 10 Meter breit. In der Mitte ein Gang, links und rechts Reihen von Schlafplätzen in drei oder vier Etagen. An jeder Schmalseite der Baracken ein Tor. Mitten im ‹Kleinen Lager› primitive Latrinen und Waschgelegenheiten. Letzten Endes ein Ort des Todes für kranke und schwache Häftlinge, ab Anfang 1945 ein pures Sterbelager.

Jedenfalls, Zacharias Zweig ging mit seinem Jungen in den Kleiderraum und zog sich und den Kleinen aus. Sie gingen weiter, bekamen Seife und Handtuch, betraten den Saal der Heißdusche. Anschließend gelangten sie in einen Saal mit vielen Tischen, an denen diensttuende Häftlinge die persönlichen Angaben der Neuen notierten und ihnen Lagerkleidung gaben. Den kleinen Jerzy hüllte Zacharias Zweig in ein Männerhemd.»

«Auch der Kleine wurde offiziell registriert?»

«Ja. Auf seiner Häftlings-Personal-Akte steht die Häftlings-Nummer 67509. Geboren am 18. Januar 1941 in Krakau. Wohnort Krakau, Burgstr. 8, Religion mosaisch, ins Konzentrationslager Buchenwald eingewiesen am 8. August 1944 durch das Reichssicherheitshauptamt, Grund: Politisch. Pole. Jude. Größe 97 cm.»

«Und sein Vater?»

«Hatte die Häftlings-Nummer 67510. Geboren am 10. April 1903. Als Wohnort der Angehörigen ist angegeben: Ehefrau: Helena Z., Schönewald bei Leipzig, Arbeitslager H. Schneider AG.

Als Zacharias und Jerzy Zweig den Saal verließen, in dem sie registriert worden waren, trafen sie auf Willi Bleicher.»

«Den Namen kenne ich. Nach dem Krieg Gewerkschaftsführer. IG Metall in Baden-Württemberg. SPD-Mann.»

«Seit 1953. Vorher KPD. Bleicher wurde schon 1935 von den Nazis verhaftet, als Mitglied einer Widerstandsgruppe in Untertürkheim wegen ‹Vorbereitung zum Hochverrat›, da war er 17 Jahre alt. Seitdem ununterbrochen eingesperrt, zuerst im Jugendgefängnis Ulm, dann im KZ Welzheim, zuletzt, seit Oktober 1938, im KZ Buchenwald, bis 1945.

Bleicher nahm Zacharias Zweig den kleinen Jungen ab. Der Kleine weinte, aber Bleicher wußte, daß Zacharias Zweig einverstanden war, und er verschwand mit dem Kind.»

«Warum gerade Willi Bleicher.»

«Bleicher war von Anfang an von dem Kind eingenommen, er wollte es unbedingt in seine Obhut nehmen. Und er war Kapo. Kapo der Effektenkammer, wo die Kleidung und die Wertsachen der eingelieferten Häftlinge aufbewahrt wurden. Bleicher war ein wichtiger und einflußreicher Häftlingsfunktionär. Er gehörte auch zur illegalen kommunistischen Widerstandsorganisation im Lager.

Die Funktionshäftlinge der Effektenkammer arbeiteten insgeheim mit den Funktionshäftlingen der Bekleidungskammer zusammen, die die Häftlingskleidung an sogenannte Zugänge ausgab. Zum Beispiel wurden in der Effektenkammer aus den Sachen verstorbener Häftlinge guterhaltene Schuhe, Strümpfe, Unterwäsche herausgenommen, um sie in der Bekleidungskammer an ausgewählte Zugänge weiterzugeben.

Ende 1943 waren in den Konzentrationslagern nicht mehr genügend gestreifte Häftlingsuniformen vorhanden. Die SS in Auschwitz mußte deshalb Zivilkleidung von Vergasten an andere Konzentrationslager schicken, auch nach Buchenwald. Aus den Rücken der Jacken wurde ein Quadrat von 15 mal 15 Zentimetern ausgeschnitten; auf dunkle Jacken setzte man einen hellen Fleck, auf helle Jacken einen dunklen. Hosen wurden am rechten Hosenbein auf die gleiche Weise markiert. Bei der Zubereitung dieser Sachen fanden die Funktionshäftlinge der Bekleidungskammer heraus, daß in die Jacken und Hosen aus Auschwitz oft Geld und Schmuckstücke eingenäht waren. Die Kapos der Bekleidungs- und der Effektenkammer einigten sich mit einem Funktionär der illegalen KP-Leitung darauf, deutsches Geld größtenteils zu behalten. Von dem Geld wurde in der Häftlingskantine eingekauft, zum Beispiel für ausgesuchte Häftlinge Zigaretten. Mit dem Geld wurden in besonderen Fällen SS-Ärzte oder SS-Führer bestochen.

Geld anderer Währungen, mit dem man in der Lagerkantine nichts kaufen konnte, und Schmuckstücke lieferte man gegen Quittung bei der SS ab.

Du siehst, daß die Kapos der Effekten- und der Bekleidungskammer in der Hierarchie der Funktionshäftlinge weit oben standen.

Willi Bleicher brachte Jerzy Zweig zuerst in der Effektenkammer unter. Zacharias Zweig mußte ins ‹Kleine Lager› zur sogenannten Quarantäne. Schon am ersten Tag sagte der Lagerführer des ‹Kleinen Lagers› zu Zweig, er solle nicht zur Arbeit in den Steinbruch gehen, sondern auf den Besuch seines Kindes warten. Der Junge hatte seit der Trennung vom Vater unaufhörlich geweint. Bleicher schickte deshalb einen politischen Häftling seines Vertrauens mit dem Kind zu Zacharias Zweig ins ‹Kleine Lager›. Jerzy trug noch immer das Männerhemd. Er sah den Vater und hörte zu weinen auf. Mehrere Tage brachte der Häftling den Kleinen für kurze Zeit zu seinem Vater, und das Kind beruhigte sich etwas.

Eine Woche nach der Einlieferung Zweigs ins ‹Kleine Lager› wurde dort ein Transport nach Schlieben zusammengestellt; im ‹Außenkommando› Schlieben befanden sich SS-Munitionsfabriken. Die vorgesehenen Häftlinge mußten sich vor dem Transport untersuchen und fotografieren lassen. Ehe Zacharias Zweig an die Reihe kam, wurde sein Sohn in den Saal gebracht.»

«Von wem.»

«Von deutschen Häftlingen.»

«Bleichers Leute?»

«Wahrscheinlich. Dem Arzt, einem politischen Häftling, wurde gesagt, daß Zacharias Zweig der Vater des Kindes sei. Der Arzt, der auch die Fotos machte, fotografierte die beiden gemeinsam.

Ein zuständiger SS-Arzt sagte zu Zweig, er sei als Vater von Jerzy vom Transport nach Schlieben zurückgestellt und bleibe im Lager.»

«Wieso.»

«Ein Zusammenspiel zwischen den deutschen kommunistischen Häftlingen und der SS. Zacharias Zweig kam nach der Abfahrt des Schlieben-Transportes ins Hauptlager. Zuerst in den Block 22, in dem russische Juden hausten, später in einen eigenen jüdischen Block, der nach der Einlieferung ungarischer Juden eingerichtet worden war.»

«Und Jerzy?»

«Lebte jetzt im Block der deutschen politischen Häftlinge, in der Steinbaracke 40.

In den Nächten weinte Jerzy noch immer. Willi Bleicher wollte, daß Zweig und sein Sohn einander eine Weile nicht sähen, damit der Junge sich an seine Umgebung gewöhnte. Drei Wochen lang sah Zweig sein Kind nicht. Schließlich sagte der Blockälteste zu Zweig, heute dürfe er seinen Sohn besuchen; es war an einem Sonntagnachmittag.

Zacharias Zweig betrat den Saal des deutschen Blocks. Er traf auf Jerzy und konnte kaum begreifen, was er sah. Der Junge trug ein neues blau-weiß gestreiftes Hemd. Neue kurze Hosen, neue Schuhe, alles nach Maß. Zweig erfuhr bald, daß die Sachen in den Häftlingswerkstätten extra für Jerzy angefertigt worden waren. Und Jerzy besaß Spielzeug, das man für ihn gebastelt hatte.

Jerzy sah seinen Vater und sagte: ‹Was machen Sie hier.›

Zweig erklärte, daß er Jerzys Vater sei.

Da sagte der Kleine: ‹Das ist gut. Setz dich und spiel mit mir.›

An diesem Sonntagnachmittag blieb Zweig bis neun Uhr abends bei seinem Sohn. Er war dabei, als dem Kleinen von einem deutschen Häftling ein Vesperbrot und später von demselben Häftling das Abendbrot gebracht wurde. Diesen Häftling hatten die deutschen Politischen zu einer Art Betreuer des Kleinen bestimmt.

Jerzy saß während des Essens auf einem Kinderstuhl an

einem Kindertisch, beides extra für den Jungen gebaut, und er aß von einem Teller.

Jerzys Bett war durch einen Vorhang vom übrigen Raum abgetrennt. Stell dir vor: Er besaß einen passenden Schlafanzug, und sein Bettzeug war mit seidener Bettwäsche bezogen.

Von diesem Tag an konnte Zacharias Zweig seinen Sohn jeden Sonntagnachmittag im Block der deutschen politischen Häftlinge besuchen.

Jerzy war ein regulärer Lagerhäftling. Wie die anderen Politischen trug er ein rotes Dreieck mit dem Buchstaben ‹P› auf dem Hemd. Als regulärer Häftling hatte Jerzy bei den täglichen Appellen dabeizusein, immer am Abend nach der Essensausgabe. Jedem Block war für den Appell ein besonderer Stellplatz zugewiesen. Der tägliche Appell des deutschen Blocks dauerte gewöhnlich nicht lange.

Bei Generalappellen mußten alle Blöcke auf dem großen Appellplatz antreten. Zacharias Zweig konnte aus der Ferne sehen, daß ein Politischer seinen Sohn Jerzy auf den Schultern trug. Der Junge wurde wie jeder andere Häftling für den Rapport gezählt.»

«Das heißt, Jerzy Zweig wurde im Lager nicht versteckt.»

«Oft kamen ausgewählte Häftlinge verschiedener Nationalität in die Steinbaracke der deutschen Politischen, um das Kind zu sehen und mit ihm zu spielen. Es gab sogar SS-Männer, die Bonbons oder Obst brachten und mit Jerzy spielten.»

«Jerzy war Jude.»

«Das schienen sie vergessen zu haben.»

«Der deutsche Häftling, der Jerzy betreute, hatte wegen ansteckender Krankheiten im Lager streng darauf zu achten, daß kein fremder Häftling dem Jungen zu nahe kam. Die deutschen Politischen besaßen in ihrem Block einen Waschzuber, in dem Jerzy vorsorglich jeden Tag gebadet wurde. Die Politischen in der Effektenkammer hielten einen scharfen Schäferhund namens Senta, der den Jungen begleitete, wenn er im Lager umherging.

Für den Winter sorgten die deutschen Politischen vor. Sie ließen in den Lagerwerkstätten zwei Paar Lederstiefelchen für Jerzy machen. Er besaß gestrickte Pullover, warme Unterwäsche und Hausschuhe.

Mit seinen Betreuern sprach Jerzy schon deutsch, mit seinem Vater sprach er polnisch.

Während seiner Gänge durch das Lager bemerkte Jerzy einmal seinen Vater bei der Arbeit und fragte ihn: ‹Mein Vater, was machst du hier?›

Anfang September 1944, zwei Monate nach der Einlieferung, wurde Jerzy trotz aller Vorsichtsmaßnahmen krank. Es fing mit Fieber an. Willi Bleicher ließ Zacharias Zweig durch einen Politischen sagen, er solle nach dem Appell in die Effektenkammer kommen. Dort eröffnete er Zweig, daß Jerzy krank sei. Eine Diagnose kenne man noch nicht, aber wahrscheinlich handle es sich um Scharlach.

Willi Bleicher und seine Leute entschlossen sich, Jerzy nicht ins Krankenrevier zu bringen. Zwar arbeiteten dort auch Häftlingsärzte, aber die befehlshabenden SS-Ärzte hätten das Kind ganz einfach getötet.

Um die Häftlinge im deutschen Block vor Ansteckung zu schützen, richteten Bleichers Leute eine Art Isolierecke ein, die streng abgetrennt war von den Schlafstellen der Häftlinge.

Bleichers Leute besaßen im Lagerkommando ‹Arbeitsstatistik› großen Einfluß. In der ‹Arbeitsstatistik› mußten

Ende 1944 über 70 Häftlinge als Verwaltungskräfte für den SS-Arbeitseinsatzführer arbeiten. Die Freunde Bleichers richteten es ein, daß ein jüdischer Arzt, der als einfacher Arbeiter eingesetzt war, eine besondere Bescheinigung erhielt, die es ihm erlaubte, nach dem Morgenappell seiner Häftlingsgruppe zu Jerzy Zweig zu gehen.

Zacharias Zweig besuchte seinen kranken Sohn und traf diesen Arzt am Bett des Kindes.

Der Arzt kümmerte sich den ganzen Tag um das Kind, bis zum Abendappell seiner Gruppe, die vom Arbeitseinsatz zurückgekommen war. Nach dem Abendappell kam er zu Jerzy zurück und blieb bis spätabends, manchmal bis in die Nacht.

Der Arzt stammte aus Holland, wo er vor dem Krieg eine eigene Praxis besessen hatte. Er war verwandt mit einem guten Krakauer Bekannten von Zacharias Zweig, der auch Buchenwald-Häftling war.

Zacharias Zweig erfuhr von dem Arzt alles über Jerzys Behandlung. Der Arzt stellte Rezepte aus, die, dank der Beziehungen Bleichers, von SS-Leuten in Weimarer Apotheken eingelöst wurden. Jerzy wurde speziell ernährt, und auch sein Arzt bekam gutes Essen. Der Arzt bat Zacharias Zweig, Jerzy täglich zu besuchen. Nach drei Wochen besserte sich Jerzys Zustand. Das Fieber ließ endlich nach. Die Krankheit konnte nicht genau diagnostiziert werden, charakteristische Scharlachsymptome waren nicht aufgetreten.»

«Das klingt alles, ich weiß nicht wie», sagte Awa.

«Zur gleichen Zeit herrschte im Lager der tägliche Terror. Im Steinbruch, wo Häftlinge die Steine brechen, zuschlagen, auf Loren verladen, die Loren aus dem Steinbruch ziehen mußten und geschlagen oder erschossen wurden. In den Arrestzellen des sogenannten Bunkers, in denen viele

Häftlinge erschlagen oder an den Gitterstäben erhängt wurden. Es gab die Prügelstrafe mit Ochsenziemern, 5 bis 25 Schläge aufs nackte Gesäß. Es gab das ‹Baumhängen›; der Häftling mußte die Arme nach hinten um einen Baumstamm legen, die Hände wurden zusammengebunden, und an den Händen hängte man den Häftling auf. Oft sprangen die Arme aus den Gelenken.

Das alles waren aber nur die Strafen.

Im Lager gab es den organisierten Massenmord. Im ‹Kommando 99› stand die Genickschußanlage. Dort wurden 7000 bis 8000 sowjetische Kriegsgefangene erschossen. In der Krankenbaracke ermordete man systematisch Kranke, zum Beispiel Tuberkulosekranke, durch Evipan-, Phenol- oder Luftinjektionen.

Geistig und körperlich behinderte Häftlinge transportierte die SS in die ‹Euthanasie›-Mordanstalten Sonnenstein und Bernburg.

Ab Herbst 1942 wurden jüdische Häftlinge nach Auschwitz transportiert.»

«Und Zweig?»

«Er hatte Anfang September 1944 davon gehört, daß alle jugendlichen Häftlinge registriert werden würden.»

«Gehört?»

«Ein Gerücht. Ihm war auch zu Ohren gekommen, daß die politische Häftlingsorganisation alle Jugendlichen zwischen 14 und 16 Jahren fiktiv den Lagerwerkstätten als Arbeiter zugewiesen hatte. Im Lager lebten Hunderte von Jugendlichen dieses Alters, und das waren zu 90 Prozent Juden, größtenteils aus Polen.

Je öfter Zacharias Zweig von der Registrierung der Jugendlichen hörte, desto unruhiger wurde er. Schließlich ging er zu Willi Bleicher. Was würde mit Jerzy passieren?

Bleicher beruhigte ihn; er sagte: ‹Wir werden schon alles erledigen.›

Ende September wurde Zweig zu Bleicher gerufen. Die SS-Lagerführung hatte verlangt, Jerzy Zweig abzuliefern. Jerzy sollte mit 199 anderen Jugendlichen auf Transport nach Auschwitz geschickt werden.

Zwar hatte Bleicher vor der SS behauptet, Jerzy sei längst nicht mehr im Lager. Aber die SS widerlegte ihn. Man habe das Kind nur einige Tage zuvor in Bleichers Gesellschaft gesehen. Tatsächlich hatte Bleicher den Jungen nach dessen Gesundung in ein Auto der Effektenkammer gesetzt und war mit ihm durchs Lager gefahren.

Die SS setzte Jerzy auf die Transportliste.

Daran gab Bleicher sich die Schuld; er versuchte alles, Jerzy von der Liste streichen zu lassen. Er sagte sogar, daß er Jerzy gegen ein anderes Kind austauschen würde, wenn er eines zur Hand hätte. Aber es half alles nichts. Bleicher war gezwungen, Zacharias Zweig zu sagen, er müsse seinen Sohn am Tage des Transportes zur Laderampe bringen.

Zacharias Zweig war verzweifelt, und auch Bleicher konnte sich nicht beruhigen. Er und seine Vertrauten suchten nach einem Weg.

Schließlich hieß es, Zweig solle seinen Jungen ins Krankenrevier bringen, das Kind werde dort aufgenommen. Man unterhalte gewisse Kontakte zu einem SS-Arzt.

Am nächsten Morgen brachte Zweig seinen Sohn zum Krankenbau. Der SS-Arzt erwartete Zweig, brachte ihn und Jerzy ins Behandlungszimmer und sagte, es sei inzwischen befohlen worden, Jerzy nicht aufzunehmen. Der Junge müsse auch als Kranker auf Transport gehen.

Zweig ging mit Jerzy zurück zum deutschen Block.»

«Was konnte Zweig noch tun.»

«Zweig blieb den ganzen Tag bei Jerzy. Er nahm wahr, daß politische Häftlinge aus verschiedenen Blocks mit Bleicher und dessen Leuten darüber berieten, wie man Jerzy vom Transport zurückstellen könne.

Der Kleine begriff die Situation und sagte öfter: ‹Ich gehe nicht auf Transport!›

Zacharias Zweig wurde gesagt, einige wichtige politische Häftlinge hätten mit dem Lagerkommandanten gesprochen. Man habe dem Kommandanten die Verdienste der politischen Häftlinge um Ordnung und Disziplin im Lager vor Augen gehalten; es stehe ihnen zu, das Kind zu behalten.

Der Kommandant habe aber nur geantwortet, es liege nicht in seiner Hand, das Kind vom Transport auszunehmen. Es gebe einen Befehl von Himmler, Kinder, Jugendliche und Kranke aus dem Lager zu entfernen.

Am 26. September 1944 sollte Zweig seinen Sohn kurz vor 10 Uhr am Lagertor abliefern. Zweig ging nach dem Morgenappell zu Jerzy. Es regnete, und Zweig zog dem Jungen feste Schuhe an und einen kleinen Gummimantel.

Willi Bleicher kam hinzu und sagte, alle Bemühungen seien erfolglos gewesen.

Jetzt sagte Zacharias Zweig zu Bleicher, er wolle als Vater mit seinem Sohn Jerzy auf Transport nach Auschwitz gehen. Das war am Vormittag, 9 Uhr. Jemand von Bleichers Leuten machte sich sofort auf den Weg zur ‹Arbeitsstatistik›, um Zweig auf die Transportliste setzen zu lassen. Aber das mißlang. Es hieß, das sei heute ein reiner Kindertransport, Erwachsene dürften nicht mitfahren.

Zacharias Zweig war starr. Jerzy sagte ständig: ‹Ich gehe nicht auf Transport.›

Willi Bleicher fing zu weinen an. Plötzlich schlug er mit

seinem Kopf gegen die Wand und schrie: ‹Ich gebe das Kind nicht her.›

Nach einigem Hin und Her sollte Zweig den Raum verlassen. Er ging zur Tür, aber ein deutscher Politischer, der Hans genannt wurde, offenbar ein führender Mann, sagte zu Zweig: ‹Geh nicht. Warte noch.›»

«Ein Funken Hoffnung», sagte Awa.

«Hans ging weg, Zweig blieb im Raum.

Kurze Zeit später kam Hans zurück und sagte hastig zu Zweig: ‹Lauf sofort ins Revier. Das Kind wird als Kranker aufgenommen. Lauf schnell. Vielleicht kommt die Kontrolle, um festzustellen, daß das Kind krank ist.›

Das war gegen 9 Uhr 30. Zweig nahm Jerzy an die Hand und rannte mit ihm in Richtung Krankenrevier.

Am Eingang des Krankenreviers warteten ein SS-Arzt und ein Sanitäter auf Zweig und seinen Sohn. Der Arzt und der Sanitäter griffen nach dem Kind und liefen mit ihm los. Zu Zweig sagten sie, er solle ihnen folgen. Sie erreichten die Typhusstation und betraten einen Saal für Rekonvaleszenten.

Zacharias Zweig mußte seinen Sohn ausziehen und ins Bett legen. Da lag sogar Spielzeug bereit. Zweig sollte ein paar Minuten bleiben und mit Jerzy spielen, damit der nicht zu weinen anfinge.

Es vergingen kaum zwei Minuten, als der Sanitäter auftauchte und Jerzy eine fiebererzeugende Spritze gab.

Zweig wurde auf der Stelle aus dem Saal geschickt, weil man jeden Augenblick die Kontrolle erwartete. Ihm blieb keine Zeit, sich von Jerzy zu verabschieden, er hörte den Kleinen nur noch weinen.

Zweig ging zu Bleicher zurück und berichtete, was geschehen war.

Der Kindertransport nach Auschwitz fuhr ohne Jerzy ab.»

Awa sagte: «Also haben die Lagerkommunisten den Jerzy Zweig doch vor Auschwitz gerettet.»

«Ja. Aber.»

«Wieso ‹aber›?»

«Der Transport nach Auschwitz sollte am 26. September 1944 abfahren, und er ist am 26. September abgefahren. Am 25. September lag die Transportliste mit 200 Namen vor, und es sind am 26. September 200 Kinder und Jugendliche nach Auschwitz transportiert worden. Auf der Liste vom 25. September stand unter der laufenden Nummer 200 der Name Jerzy Zweig. Aber. Die Transportliste hat einen Anhang: ‹Berichtigung zum Transport Auschwitz›. Darunter steht: ‹Es wurden in der Transportliste folgende Nummern gestrichen›.

Nun folgen 12 Nummern, unter anderen Jerzy Zweigs Nummer 200.

In diesem Anhang steht weiter: ‹Als Ersatz für laufende gestrichene Nummer:› Hier folgen die ‹Ersatz›-Jungen. Unter Nummer 200 steht der ‹Ersatz› für Jerzy Zweig; der Name lautet Blum, Willy.

Unterschrieben ist der Anhang zur Transportliste mit ‹Schreibstube›.»

«War Willy Blum auch ein jüdischer Junge?»

«Nein, ein Zigeunerjunge. 16 Jahre alt.»

«Jerzy Zweig wurde gegen einen Zigeunerjungen ausgetauscht?»

«Der statt Jerzy nach Auschwitz geschickt wurde. Genau wie die anderen 11 ‹Ersatz›-Jungen. Die Zahl 200 war durch die Liste der SS-Lagerverwaltung vorgegeben. Diese Zahl mußte am Ende stimmen. Aber 12 Todeskandidaten wurden ausgewechselt. Opfertausch nannte man das später.»

«Ein Nullsummenspiel», sagte Awa.

«Das klingt zynisch», sagte ich.

«Rechnerisch trifft es zu.»

«Aber individuell betrachtet ...»

«Du meinst: Aus der Sicht der zurückbehaltenen Jungen.»

«Ja. Jerzy Zweig wurde nicht nach Auschwitz geschickt und dort vergast.»

«Dafür Willy Blum.»

«Ja.»

«Wer waren die anderen 11 Jungen, die als ‹Ersatz› nach Auschwitz transportiert wurden.»

«Die SS-Lagerverwaltung Buchenwald hat am 28. September an die Lagerverwaltung Auschwitz geschrieben:

‹Betrifft: am 26.9. 1944 nach dort überführte Häftlinge (200).

Bezug: Diess. Schreiben vom 26.9. 1944.

Anlage: 6 Effektenverzeichnisse, 1 Wertbeutel und 1 Empf.-Besch.

Der obige Transport erfuhr in letzter Minute einige Änderungen, die bei der Effektenübersendung nicht mehr berücksichtigt werden konnten.›

Es folgen die 12 Namen der Jungen, die zurückbehalten wurden. Der jüngste ist Jerzy Zweig.

Dann heißt es:

‹Für diese 12 Häftlinge wurden keine Effekten nach dort gesandt, es brauchen also auch keine zurückgesandt werden.

Als Ersatz wurden folgende Häftlinge nach dort überführt:

41923	Bamberger, Walter	geb.	14. 8. 1926	1 Bündel
74306	Winter, Josef	„	22. 3. 1929	1 Bündel
74308	Istvan, Stanislaw	„	23. 12. 1928	1 Bündel
74325	Reinhard, Andreas	„	26. 1. 1929	1 Bündel
74330	Kreitz, Franz	„	1. 6. 1926	1 Bündel
74726	Schubert, Willi	„	3. 3. 1931	1 Bündel
74254	Blum, Willy	„	26. 6. 1928	keine Effekten
74290	Ernst, Artur		1929	„
74307	Schneeberger, Karl	„	15. 7. 1929	„
74311	Laubinger, Heinrich	„	14. 3. 1929	„
74334	Kreitz, Josef	„	2. 4. 1930	„
74864	Ewald, Anton	„	29. 2. 1930	„

1 Wertbeutel wird anbei übersandt, er gehört dem Häftling 74307 Schneeberger, Karl geb. 15. 7. 1929, 1 Taschenuhr, weiß, 1 Armbanduhr, weiß, mit Lederband. Die 6 Kleiderbündel werden in einem Sack verpackt als Frachtgut in den nächsten Tagen zum Versand gebracht.

Um baldige Rücksendung der vollzogenen Empfangsbescheinigung wird gebeten.›»

«Von Jahrgang 1926 bis 1931», sagte Awa.

«Zwischen 13 und 18 Jahren.»

«Woher kamen diese Menschen.»

«Alle 12 waren Zigeuner. Nach dem Austausch bestand der Transport nur noch aus Zigeunern.»

«Wie konnte das gehen, dieser Austausch.»

«Die deutschen kommunistischen Funktionshäftlinge, allen voran die roten Kapos, besaßen großen Einfluß in den Verwaltungsbüros, bei der Versorgung und im Krankenbau. Für die SS-Lagerführung waren sie unentbehrlich, weil sie die Ordnung im Lager garantierten. Sie standen zwischen der SS und den einfachen Häftlingen. Die deutschen kommunistischen ‹Elite›-Häftlinge im Kommando ‹Arbeitsstatistik› und im Häftlingskrankenbau arbeiteten im eigenen Interesse eng zusammen. Sie unterhielten Verbindungen zu den SS-Ärzten und bis hinauf in die SS-Lagerführung. Der Austausch dieser 12 Jungen wurde höchstwahrscheinlich von dem Lagerarzt Dr. August Bender veranlaßt; dahinter stand der Wunsch der kommunistischen Funktionshäftlinge. Der SS-Arzt, der Jerzy Zweig im Krankenbau in die Typhus-Abteilung legte, hat ziemlich sicher direkt mit den roten Kapos zusammengearbeitet. Vielleicht wurden die Ärzte von den Kommunisten mit Schmuck oder Geld bestochen.»

«Warum haben die Kommunisten ausgerechnet Zigeuner als ‹Ersatz› nach Auschwitz schicken lassen.»

«Die einflußreichen Kommunisten im Lager waren Deutsche. Was war für die schon ein Zigeuner.»

«Ein geeignetes Opfer?»

«Der Austausch dieser 12 Jungen war eigentlich nur eine kleine Sache. Die kommunistische Untergrundorganisation im Lager kümmerte sich in großem Stil um ihre eigenen Kader und um Gesinnungsfreunde. Die Kommunisten schützten ihre Organisation, sie bekämpften Verräter und politische Feinde, und sie privilegierten ihre Leute. Im Krankenrevier konnten die kommunistischen Kapos ihre Genossen oder Freunde zum Beispiel vor medizinischen Experimenten der SS bewahren, indem sie andere Häftlinge auf die ‹Menschenmaterial›-Listen setzten. Im Kommando ‹Arbeitsstatistik› bestimmten die Kapos die Aufstellung der Transportlisten für die verschiedenen Arbeitseinsätze. Im Außenlager ‹Dora› bei Nordhausen, wo unter Tage V-Waffen hergestellt wurden, kam ein Drittel der Häftlinge ums

Leben. Es war überlebenswichtig, ob ein Häftling zur Arbeit in die Stollen des Außenlagers ‹Dora› oder in diverse Lagermagazine geschickt wurde.»

«Der Austausch dieser 12 Jungen am 26. September 1944. Der 3½-jährige Jerzy Zweig und 11 andere. Wie alt waren die 11 anderen, die in Buchenwald blieben.»

«Die beiden ältesten waren 23 Jahre alt.»

«Das waren schon Erwachsene.»

«Die übrigen 9 waren zwischen 17 und 14 Jahre alt.»

«Der 3½-jährige Jerzy war das Maskottchen der deutschen Kommunisten.»

«Das klingt verächtlich», sagte ich.

«Aber warum wurden ausgerechnet diese 11 anderen zurückbehalten.»

«Vielleicht waren es ‹Puppenjungen›.»

«Was?»

«Spielgefährten von einflußreichen politischen Häftlingen.»

«Wie ging es mit Jerzy weiter.»

«Jerzy erholte sich bald von der Fieberspritze, die er zur Vortäuschung von Typhus bekommen hatte. Die deutschen Beschützer des Kleinen wollten den Jungen, nachdem er wieder in Ordnung war, nicht mehr im Block der deutschen Häftlinge unterbringen. Sie sorgten dafür, daß er im ‹Kleinen Lager›, dem sogenannten Quarantänelager, einen Platz fand.

Der Kommandant des ‹Kleinen Lagers› war selbst Lagerhäftling. In einem besonderen Raum des Kommandanten wurde Jerzys Bett aufgestellt, und auch seine Sachen brachte man dorthin. Wie früher kam täglich der ‹Erzieher› Jerzys und kümmerte sich um den Kleinen.

Das ‹Kleine Lager› durfte nur mit einem Passierschein

betreten oder verlassen werden. Bleichers Leute beschafften für Zacharias Zweig einen Dauerpassierschein der sogenannten Lagerpolizei, die aus politischen Häftlingen bestand. Auf dem Passierschein stand: ‹Der Häftling Nr. 67510 hat das Recht, zu jeder Zeit das ‹Kleine Lager› zu betreten.›

So konnte Zweig sein Kind wie vorher an jedem Sonntagnachmittag besuchen.

Zweig wollte Jerzy aber öfter sehen. Die Politischen besorgten ihm eine Arbeit bei der ‹Fuhrkolonne›, die Baumaterial vom Steinbruch oder von der Bahnstation ins ‹Kleine Lager› bringen mußte.

Im ‹Kleinen Lager› gab es ein eigenes Arbeitsamt. Vormittags traf Zweig seinen Sohn meistens in der Kanzlei des Arbeitsamtes. Der Kapo im Arbeitsamt war zugleich Kapo der ‹Fuhrkolonne›, ein Deutscher. Er stellte Zweig oft von der Arbeit in der ‹Fuhrkolonne› frei und rief ihn in die Kanzlei, damit er Jerzy sehen konnte.

Die Aufsicht in der Kanzlei des Arbeitsamtes hatte ein SS-Offizier inne. Der Kapo rief Zweig einmal in die Kanzlei, weil der SS-Offizier den Wunsch geäußert hatte, den Vater von Jerzy kennenzulernen. Der SS-Mann ließ Zweig Platz nehmen, unterhielt sich mit ihm und beglückwünschte ihn zu seinem schönen Kind.

Dieser SS-Offizier hatte so großes Gefallen an Jerzy gefunden, daß er das Kind oft zu Arbeitsinspektionen und zu Spaziergängen mitnahm, auch außerhalb des ‹Kleinen Lagers›.

Jerzy bot seinem Vater zu dessen großer Verwunderung eines Tages Schokolade und Bonbons an. Jerzy sagte, die Süßigkeiten habe er von den ‹Muttis› bekommen. Zweig verstand nicht; da zeigten die Leute in der Kanzlei des Arbeitsamtes auf ein nahegelegenes kleines Haus, das innerhalb des ‹Kleinen Lagers› extra eingezäunt und bewacht war. Das war das Bordell von Buchenwald. Die Zwangsprostituierten waren italienische und deutsche Frauen. Außer Juden und Zigeunern konnte jeder Häftling einen Berechtigungsschein zum Besuch des Bordells bekommen. Die Prostituierten, Häftlinge wie ihre Kunden, hatten bemerkt, daß sich in der Kanzlei des Arbeitsamtes oft ein kleiner Junge aufhielt, und sie hatten den diensthabenden SS-Mann gebeten, den Kleinen einmal zu ihnen zu bringen. Die Frauen spielten mit Jerzy und gaben ihm Süßigkeiten. Von diesem Tag an ließen sie Jerzy durch die SS-Wachen oft Bonbons und Schokolade zukommen.

Jerzy zeigte auf das Bordell und sagte zu Zacharias Zweig: ‹Siehst du, dort ist der Puff, und dort sind die Muttis.›»

«Wie kamen Zacharias und Jerzy Zweig schließlich frei.»

«Zacharias Zweig hielt sich in den ersten Apriltagen 1945 meistens im ‹Kleinen Lager› auf, um seinem Sohn nahe zu sein.

Am 10. April wollte die SS das ‹Kleine Lager› evakuieren. Nachmittags, gegen 14 Uhr, erging über die Lautsprecher der Aufruf an alle Häftlinge, auf dem Platz zu erscheinen. Zacharias Zweig fürchtete von der Evakuierung für Jerzy und für sich selbst den Tod. Er sträubte sich gegen die Evakuierung, aber er mußte sich mit Jerzy auf dem Stellplatz einreihen. Ihn erfüllte jetzt nur noch der Gedanke an Flucht. Wohin aber sollte er unter den Augen der Lagerpolizei fliehen? Es war verboten, die Reihe zu verlassen.

Im ‹Kleinen Lager› gab es eine Steinlatrine. Zwar war es

untersagt, während der Aufstellung der Häftlinge zur Latrine zu gehen. Aber Zacharias Zweig nahm Jerzy bei der Hand und zog ihn in die Richtung der Latrine. Zweig rechnete einfach damit, daß es in den Augen der Bewacher normal sein müßte, das Kind vor der Evakuierung noch einmal austreten zu lassen. Jerzy wehrte sich, er sagte: ‹Ich muß nicht, ich muß nicht!› Zweig antwortete: ‹Du mußt, du mußt!›

Die beiden wurden nicht aufgehalten. In der Latrine zog Zweig den Kleinen, der immer wieder ‹Nein, nein, nein!› sagte, vollständig aus, setzte ihn auf die Steinbank und hielt ihn fest.

Es kostete Zacharias Zweig große nervliche Anstrengung, auf das Kind einzureden und es auf der Latrinenbank zur Ruhe zu bringen.

Nach 20 Minuten war es auf dem Appellplatz des ‹Kleinen Lagers› still. Zweig ließ den Jungen von der Latrinenbank und zog ihn an.

Er ging mit dem Kleinen direkt zur Lagerleitung des ‹Kleinen Lagers›. In der Kanzlei traf er auf junge deutsche Häftlinge, die das ‹Kleine Lager› nach der Evakuierung zu verwalten hatten. Die warfen ihm vor, daß er sie gefährde, falls er nicht sofort mit dem Kind ins ‹Große Lager› zur Evakuierung gehe.

Zweig war entsetzt. Er sagte, sie mögen so tun, als hätten sie ihn nicht gesehen. Er werde sich mit seinem Sohn verstecken.

Zweig verbarg sich mit Jerzy im Pferdestall, später in einem Schuppen.

Ein Tscheche, der im Arbeitsamt des ‹Kleinen Lagers› beschäftigt war und Zacharias Zweig kannte, kam an dem Schuppen vorbei. Zweig zeigte sich und beklagte sich bei ihm über die jungen deutschen Häftlinge in der Kanzlei; er bat den Tschechen um Fürsprache.

Der Tscheche betrat mit Zweig die Kanzlei und beschimpfte die deutschen Häftlinge. Sie sollten gefälligst ein Auge zudrücken und Zweig in Ruhe lassen. Zweig gewann etwas Zeit.

Doch bald verlangten die Deutschen von Zweig erneut, das ‹Kleine Lager› zu verlassen. Zweig war gepeinigt von den Vorhaltungen der Deutschen und von der Sorge um Jerzy. So ging es bis zum Abend.

Schließlich gab Zweig auf. Er machte sich mit Jerzy auf den Weg zum Ausgang des ‹Kleinen Lagers›. Es begegnete ihnen ein deutscher Häftling, der als ‹Hilfspolizist› eingesetzt war. Zweig kannte ihn. Der Deutsche fragte Zacharias Zweig, wohin er mit Jerzy gehe. Zweig erzählte, die jungen deutschen Häftlinge in der Kanzlei des ‹Kleinen Lagers› hätten darauf bestanden, daß er mit Jerzy zur Evakuierung ins ‹Große Lager› verschwinde. Der deutsche Hilfspolizist sagte, Zweig solle zusehen, im ‹Großen Lager› den Block 45 zu erreichen, wo deutsche Häftlinge lebten. Dort werde er mit Jerzy aufgenommen, wenn er erkläre, daß der ‹Hilfspolizist› X ihn schicke.

Zacharias Zweig verließ mit seinem Sohn das ‹Kleine Lager›. Er ging langsam, um den SS-Wachen, denen er begegnete, nicht aufzufallen. Zu Jerzy sagte er mehrmals: ‹Bewege die Lippen, schau dich nicht um, sprich zu mir, sprich zu mir …› Die SS-Wachen interessierten sich nicht für Zweig und das Kind. Zweig redete weiter auf den Kleinen ein: ‹Schau auf mich, sprich zu mir.›

Sie erreichten ungehindert den Block 45. Zweig kam gar nicht dazu, von der Empfehlung des ‹Hilfspolizisten› X zu sprechen, so aufgeregt und erschöpft war er.

Der deutsche Blockälteste freute sich, Zweig und Jerzy zu sehen. Er nahm Jerzy auf den Arm, und Zweig erzählte den Deutschen, daß er sich im ‹Kleinen Lager› versteckt gehalten hatte, um der Evakuierung zu entgehen.

Die Deutschen bestimmten, Zweig als einen Deutschen mit seinem Sohn im Block 45 zu behalten.»

«Eine Atempause», sagte Awa.

«Am 11. April 1945, vormittags, erfuhren die Deutschen im Block 45, auch sie würden evakuiert werden.

Die Deutschen berieten sich. Zu Zweig sagten sie am Ende, wahrscheinlich werde die SS nicht auf die deutschen Häftlinge schießen. Zweig solle im Falle der Evakuierung nicht polnisch mit seinem Sohn reden, und er solle auch seinen Sohn instruieren, nur deutsch zu sprechen. Auch dürfe Jerzy seinen Vater nicht ‹Papa› nennen. Während des Marsches würden die Deutschen den kleinen Jerzy abwechselnd tragen.

Etwa zehn Meter von Block 45 entfernt verliefen die Drähte des Lagerzauns. Zacharias Zweig konnte den nächstgelegenen Wachturm sehen. Es war Geschützdonner zu hören, und alle wußten, daß sie amerikanische Geschütze hörten.

Gegen 10 Uhr 30 wurde von der SS eine ‹Blocksperre› verkündet; niemand durfte den Block verlassen. Manche Häftlinge fürchteten, die SS werde jetzt darangehen, das Lager zusammenzuschießen. Andere glaubten, die SS wolle sich ungestört auf die Flucht machen. Man hörte unentwegt starkes Motorengeräusch.

Bis 13 Uhr 30 verharrten die Häftlinge in Ungewißheit. Irgendeinem Häftling wurde plötzlich bewußt, daß es im ‹Großen Lager› ganz still geworden war.

Schnell sprach es sich im Block herum, daß die SS die

Flucht angetreten hatte. Jetzt sah man jenseits des Lagerzauns auch Wehrmachtssoldaten in Richtung des Waldes davonlaufen. Manche Soldaten hatten ihre Waffen weggeworfen, manche verloren ihre Mütze.

Gegen 14 Uhr beobachteten die Häftlinge, daß die SS den nahegelegenen Wachturm verließ. Es war Gefechtslärm zu hören.

Reichlich eine halbe Stunde später vernahmen die Häftlinge die Stimme des ‹Lagerältesten› aus den Lautsprechern. Er sagte, die Häftlinge des Konzentrationslagers Buchenwald seien frei. Sie sollten sich ruhig verhalten und auf die Amerikaner warten.

Kurz darauf umstellten bewaffnete Häftlinge, meistens Russen, das gesamte Lager.

Zacharias Zweig blieb mit seinem Sohn im deutschen Block 45 und wartete auf die Amerikaner.

Bald nach 15 Uhr hörten die Häftlinge aus den Lautsprechern die Stimme eines Amerikaners. Er sagte in schlechtem Deutsch, er spreche im Namen der alliierten Truppen zu den Häftlingen aller Nationalitäten: ‹Das Lager ist befreit!› Er bat die Häftlinge, das Lager nicht zu verlassen, weil ganz in der Nähe die Front verlaufe. Er versprach, innerhalb der nächsten Stunde werde das Lager von der amerikanischen Armee mit Lebensmitteln versorgt.

Zacharias Zweig umarmte seinen Sohn Jerzy, küßte ihn über das ganze Gesicht und sagte: ‹Jetzt werden wir leben.› Zweig begann vor Freude zu weinen. Und er weinte vor Schmerz, weil seine Frau und seine Tochter fort waren.»

9

Awa war bei Ida. Abgesehen von der Mißbilligung unseres Sammeleifers, der kaum noch alltägliche Gespräche zulasse, habe Ida ihre Vorwürfe gegen mich jetzt auch gegen Awa gerichtet. Auch ihm gerate allmählich das Nächstliegende aus dem Blick.

Was das Nächstliegende sei, habe er gefragt.

«Früher wußtest du das.»

«Früher. Da war ich jünger. Da lag mir vieles nahe.»

«Werde nicht albern. Wann sind wir in letzter Zeit miteinander spazieren gegangen? Ich gehe nur noch allein. Wann waren wir zuletzt im Konzert? Ich höre nur noch CDs. Wann haben wir gemeinsam gegessen?»

«Es tut mir leid.»

«Lächerlich. Viel schlimmer ist, daß wir nicht mehr über meine Arbeit reden, nur noch über euer Hobby. Jahrelang habe ich mir die Meteorologie angehört, aber immerhin; ich kam wenigstens gelegentlich dazu, von meiner Arbeit zu reden. Jetzt höre ich mir nur noch die ‹Fälle› an. Weißt du überhaupt noch, was ich Tag für Tag mache?»

«Aber ja.»

«Jaja. Ihr lebt nur noch im Abwesenden, im Entfernten. Für das, was vor der Haustür geschieht, habt ihr keinen Blick.»

«Woran denkst du.»

«An die gegenwärtigen ‹Fälle›. Wer sammelt die?»

«Die Geschichte von Jerzy Zweig ist nichts Abstraktes», sagte Awa.

«Das gebe ich zu. Aber hat man das nicht schon gewußt?»

«Was.»

«Daß die ostdeutschen Kommunisten Buchenwald dazu benutzt haben, sich eine fleckenfreie antifaschistische Heldenlegende zu stricken.»

«Vielleicht wußtest du das.»

«Ich habe gefragt, ob man das nicht schon wußte.»

«Wahrscheinlich nur wenige. Wir wußten es nicht, und die meisten Leute wissen es bis heute nicht.»

«Viele wußten vieles schon lange, bloß ihr Meteorologen hattet keine Ahnung. Weil ihr immer nur in den Himmel gestarrt habt. Weil ihr immer nur eure Hochs und Tiefs gesehen habt. Was auf der Erde passiert ist, habt ihr ignoriert. Die Hochs und Tiefs anderer Leute haben euch kaltgelassen.»

«Warum hast du das nicht früher gesagt. Du bist ungerecht.»

«Ich habe es früher gesagt, aber ihr wolltet es nicht hören. Ihr habt mir vorgehalten, ich solle alles noch einmal vernünftig überlegen. Im Osten gab es einen Spruch: ‹Die DDR hat an der Seite der ruhmreichen Sowjetunion den Hitlerfaschismus besiegt.› Wahrscheinlich mit Generalfeldmarschall Friedrich Paulus an der Spitze. Der nach der deutschen Kapitulation in Stalingrad seine Luxus-Haft in Rußland verlebte und 1953 in die DDR kam, nach Dresden, wo er in einer Villa auf dem Weißen Hirsch residierte und Vorträge an der Offiziersschule der Kasernierten Volkspolizei hielt.

Sein Adjutant in Stalingrad, Oberst Wilhelm Adam, war als Mitglied des kommunistischen Bundes deutscher Offiziere schon 1948 aus sowjetischer Kriegsgefangenschaft entlassen worden und logisch in der Ostzone gelandet.

Paulus kommt 1953 nach Dresden, da ist sein alter Adjutant Adam schon wieder Oberst, diesmal der Kasernierten Volkspolizei, und Kommandeur der Dresdner Offiziersschule. Er steht vor Paulus stramm und redet ihn mit ‹Herr Generalfeldmarschall› an.

Adam war schon einmal, kurz nach 1933, an der Dresdner Wehrmachtsschule gewesen, als Taktiklehrer. In der Nazipartei war er seit 1923, Oberscharführer der SA ab 1933.

Wenn Paulus in Stalingrad ein Flugzeug brauchte, um die Frontlinie zu inspizieren, befahl er: ‹Adam! Mein Flugzeug!› In Dresden, 1953, hatten die alten Kameraden das Gefühl, Paulus könnte jeden Moment zu seinem Ex-Adjutanten ‹Adam! Mein Flugzeug!› sagen.

Adam ist 1978 als Generalmajor der Nationalen Volksarmee mit militärischem Ehrengeleit auf dem Heidefriedhof in Dresden beigesetzt worden. Immerhin gehörte er zu den Mitbegründern der DDR-Armee.»

«Das hast du nie erzählt.»

«Ich habe schon dreimal erzählt, daß ich im Osten an der Schule regelmäßig zum Ernteeinsatz mitmußte. Einmal war ich erkältet und hatte keine Lust dazu, für die Neubauern Kartoffeln auszubuddeln. Was hat der Lehrer zu mir gesagt? ‹Du willst nicht zum Ernteeinsatz? Bist du für den Faschismus?› Dieser Lehrer war Offizier bei den Nazis gewesen. In der Schule, als Neulehrer, trug er noch die Reithose, aber keine Stiefel mehr, sondern Halbschuhe und weiße Söckchen. Und als Zeichen der neuen Zeit das Blauhemd der FDJ. Kommunist jetzt. SED-Parteisekretär. Und Stasi-Spitzel.»

«Das hast du erzählt.»

«Nach dem Tod von Stalin hieß es, die Schüler ab 17 sollten in die SED eintreten, um ‹die Lücke schließen zu helfen, die der Tod des Genossen Stalin gerissen hat›. Ich wollte aber nicht in die SED. Hat der Reithosen- und Blauhemd-Lehrer an die Stasi geschrieben, daß ich mich geweigert hätte, ‹die Lücke schließen zu helfen, die der Tod des Genossen Stalin gerissen hat›.»

«Wenn's nicht so ernst gewesen wäre …»

Awa hat zu mir gesagt: «Ich kam mir vor wie ein kleiner Junge. Ich habe zu Ida nicht einmal gesagt, daß bei uns im Westen auch Kostümierte herumgelaufen sind. Wenngleich nicht gerade als Antifaschisten verkleidet.»

«Hast du Ida nach ihrer Arbeit gefragt?»

«Nein.»

10

«Bring die Geschichte von Zacharias und Jerzy Zweig zu Ende, damit ich Ida erzählen kann, wie es weiterging.»

«Zacharias Zweig arbeitete nach der Befreiung des Lagers im ‹Internationalen Häftlingskomitee›, das sogleich gebildet worden war. Er übersetzte Lebensläufe von Polen ins Deutsche. Und er hatte die Kartei der Polen zu ordnen und nach Juden und Polen zu sortieren.

Er wohnte jetzt mit Jerzy in einem Block, in dem Juden und Polen untergebracht waren, und er kümmerte sich den ganzen Tag um das Kind. Wenn er im ‹Internationalen Häftlingskomitee› arbeitete, hatte er Jerzy immer bei sich.

Zweig mußte die Häftlinge, die die Haft überlebt hatten, registrieren und Sonderformulare, die die persönlichen Daten und die Lebensläufe der ehemaligen Häftlinge enthielten, für die amerikanischen Behörden ausfüllen helfen. Jeder ehemalige Häftling bekam eine Legitimation in englischer und deutscher Sprache als eine Art Personalausweis.

Im Juni 1945, kurz vor der Übergabe des Lagers an die sowjetische Armee, verließ Zacharias Zweig mit seinem Sohn das Lager. Er hätte in die amerikanische Zone gehen können, aber weil er noch immer darauf hoffte, seine Frau und seine Tochter wiederzufinden, machte er sich auf den Weg nach Polen.

Auf amerikanischen Militär-Lastwagen ging es zuerst nach Chemnitz. Dort trennte Zweig sich von dem Transport und gelangte auf eigene Faust nach Dresden, dann ins nordböhmische Bodenbach, schließlich nach Prag. Nach einem eintägigen Aufenthalt fuhr er nach Bogumin und von dort direkt bis Krakau. Das war Ende Juni oder Anfang Juli.

Von seiner Familie traf Zweig niemanden an. Aus Rußland erreichte ihn eine Nachricht von seinen Brüdern.

Zweigs Frau Helena und die Tochter Sylwja waren am 4. August 1944 von dem Transport aus Skarzysk getrennt und in das Lager der Firma ‹Hasag› bei Leipzig geschickt worden.

Ende August 1944 hatte Zweig in Buchenwald von einem schweren Bombenangriff auf Leipzig gehört und sich noch mehr um Frau und Tochter gesorgt. Er hatte Willi Bleicher von seiner Sorge erzählt.

Bleicher sagte Zweig, das Lager der ‹Hasag› gehöre zum Lagerbereich Buchenwald und werde aus dessen Magazinen regelmäßig mit Lebensmitteln versorgt. Er werde sich um eine Lebensmittelunterstützung für Zweigs Frau bemühen, falls sie sich tatsächlich im ‹Hasag›-Lager befinde.

Bleicher beschaffte Zweig eine eintägige Arbeitsbefreiung und riet ihm, sich am nächsten Tag an einen bestimmten deutschen Häftling im Arbeitsamt zu wenden; im Arbeitsamt werde die Kartei aller Buchenwaldhäftlinge, also auch der ‹Hasag›-Häftlinge, geführt.

Zweig erfuhr von dem deutschen Häftling im Arbeitsamt, daß das ‹Hasag›-Lager nicht bombardiert worden war. Es gab auch eine Liste der ‹Hasag›-Häftlinge, die man aus Leipzig in andere Lager transportiert hatte. Auf dieser Liste standen die Namen von Zweigs Frau und Tochter. Die Liste stammte vom 28. September 1944, und sie trug den Vermerk ‹Überführt nach Auschwitz›. Zweigs Tochter Sylwja war zu diesem Zeitpunkt zehneinhalb Jahre alt gewesen.

Anfang Oktober 1946 kamen Zweigs Brüder aus Rußland zurück.

Zweig verließ Polen mit dem Ziel Palästina, ging jedoch zunächst nach Frankreich; dort lebte er bis August 1949.

In Frankreich wurde Jerzy wegen einer Lungenerkrankung in verschiedenen Sanatorien auf Staatskosten behandelt.

Noch im August 1949 traf Zweig mit Jerzy in Israel ein. Er wohnte bis 1956 in Jerusalem, wo er in einer Behörde arbeitete, und anschließend in Tel Aviv.

1958 beendete Jerzy in Tel Aviv die Schule und wurde für drei Jahre in die israelische Armee eingezogen.»

«Was weißt du von Willi Bleicher.»

«Bleicher war im Juni 1945 von Buchenwald in seine Heimat Stuttgart-Untertürkheim gefahren. Seit 1929 war er Mitglied der oppositionellen KPD gewesen; 1945 trat er in die KPD ein. Bleicher beteiligte sich sofort am Aufbau der Gewerkschaften in Baden-Württemberg. 1950 verließ er die KPD, 1953 wurde er SPD-Mitglied. 1958 wird Bleicher als Nachfolger von Ludwig Becker Bezirksleiter der IG Metall Stuttgart und Mitglied des Landesbezirksvorstandes des DGB Baden-Württemberg.

1958, als Zacharias Zweig in Tel Aviv seiner Arbeit als Behördenangestellter nachging, als Jerzy Zweig in die israelische Armee eingezogen wurde und als Willi Bleicher zu einem einflußreichen Gewerkschafter aufstieg, da erschien in der DDR der Roman ‹Nackt unter Wölfen›, die Heldenlegende der deutschen Kommunisten im Konzentrationslager Buchenwald.

Zacharias und Jerzy Zweig in Israel hatten keine Verbindung zu Willi Bleicher in Stuttgart. Bruno Apitz im Osten wußte 1958 nicht, was aus Jerzy Zweig geworden war, und einen Kontakt zu Bleicher im Westen gab es nicht.

Jerzy Zweig studierte ab 1963 an einer Ingenieurschule in Lyon.

Im selben Jahr gelang es Redakteuren der Ostberliner

‹BZ am Abend›, Zacharias Zweig in Israel ausfindig zu machen. Eine Vertraute der Ostberliner Redaktion, Charlotte Holzer, traf Zacharias Zweig in Tel Aviv, in der Maazestr. 66. Sie gab Zweig das Buch von Apitz und fragte nach Jerzy. Zweig kannte das Buch nicht. Er sagte Charlotte Holzer, daß Jerzy in Lyon studiere.

Jetzt kannte die Redaktion die Adresse von Jerzy: Villeurbanne-Lyon, 20 Av. Albert Einstein.

Die Redaktion gab Zacharias Zweig die Adressen von Willi Bleicher in Stuttgart und von Bruno Apitz im Osten.

Zacharias Zweig schrieb im November 1963 an Jerzy in Lyon, er möge sich die französische Übersetzung des Romans besorgen, und er nannte Jerzy die Adressen von Bleicher und Apitz.

Am 10. Januar 1964 schrieb Jerzy aus Lyon an Apitz: Er bitte um Entschuldigung dafür, daß er so spät schreibe. Er habe sich in den letzten Wochen in einem schlechten Gesundheitszustand befunden, so daß er sogar die Ingenieurschule habe aufgeben müssen. Er werde alles unternehmen, um Apitz zu treffen.

Ende Januar 1964 fuhr Jerzy zu Willi Bleicher nach Stuttgart. Er wohnte einige Zeit im Hause von Bleicher und feierte in der Familie Bleichers am 28. Januar 1964 seinen 23. Geburtstag. Jerzy Zweig hat über das Wiedersehen mit Bleicher geschrieben: ‹Ich habe ihn geliebt, ich konnte ihn aber kaum verstehen. Denn er sprach schwäbisch mit mir, und die Sprache, die ich mit ihm sprach, war für ihn undefinierbar.›

Von Stuttgart fuhr Jerzy zusammen mit Willi Bleicher und Eugen Ochs, der in der Buchenwalder Lagerkantine Koch gewesen war, am 7. Februar 1964 in den Osten, nach Weimar. Sie wohnten im Hotel Elephant. Es war die erste

Reise eines führenden westdeutschen Gewerkschafters in den Osten.

Jerzy Zweig lernte in Weimar den 75jährigen Robert Siewert kennen, der im Lager Buchenwald Kapo des Baukommandos gewesen war und Jerzys Vater geholfen hatte, und er lernte Bruno Apitz kennen.

Noch am selben Tag fuhren sie auf den Ettersberg, zur Buchenwald-Gedenkstätte, und besuchten das Museum.

Am Tag darauf ging es noch einmal zur KZ-Gedenkstätte. Im Kinosaal sollte der Film vorgeführt werden, der nach dem Buch von Apitz gedreht worden war. Vor der Aufführung sprach Apitz: ‹Jetzt, lieber Jerzy, sollst du deine frühe Kindheit nacherleben, von der du zum Glück nichts mehr weißt ... Du hast viele Väter gehabt. Du hast heute bei uns und in der ganzen Welt viele, viele Freunde. Für sie, für uns wirst du das Kind von Buchenwald bleiben.›

Apitz machte den 23jährigen Jerzy Zweig zu dem 3½-jährigen Buchenwald-Kind, wie es im Buche steht.

Willi Bleicher und Eugen Ochs aus Stuttgart hatten den Film auch noch nicht gesehen.

Kannte Jerzy Zweig zu diesem Zeitpunkt die Schilderung, die sein Vater Zacharias Zweig 1961 für die Holocaust-Gedenkstätte Yad Vashem verfaßt hatte? Diesen Bericht über den Weg der Familie Zweig durch das Ghetto und die Konzentrationslager in Polen, über die Trennung der Familie bei Leipzig, über die Monate von Zacharias und Jerzy Zweig im Konzentrationslager Buchenwald?

Wenn Jerzy den Bericht seines Vaters kannte, was dachte er dann, als er den Film sah? Als er sah, daß er in einem Koffer ins KZ Buchenwald gebracht worden sein sollte. Daß er ohne Häftlingsnummer im Lager versteckt gehalten und auf diese Weise gerettet worden sein sollte. Und daß sich das Lager selbst befreit hätte.

Zacharias Zweig hatte in seinem Erlebnisbericht angedeutet, daß anstelle von Jerzy ein Zigeunerjunge in den Tod geschickt worden war: ‹Angeblich wurden zwei oder drei Zigeuner abtransportiert.›

Wahrscheinlich kannte Jerzy Zweig den Bericht seines Vaters noch nicht.

Die Redakteure der Ostberliner ‹BZ am Abend› aber kannten ihn. Zweig hatte im Sommer 1963 bewirkt, daß Charlotte Holzer eine Kopie seines Berichtes ausgehändigt bekam, die sie nach Ostberlin mitnahm.

Es ist nicht bekannt, was Willi Bleicher gesagt hat. Er wußte ja am besten, daß Jerzy Zweig nur gerettet werden konnte, weil statt seiner ein Zigeunerjunge auf Transport nach Auschwitz geschickt worden war. Das zeigt der Film nicht, und das steht auch nicht in der Vorlage, dem Buch von Apitz.

Die Redakteure der ‹BZ am Abend› schrieben 1964, das Buch von Apitz werde der Wahrheit und Wirklichkeit in vollem Maße gerecht; das werde von den dokumentarischen Zeugnissen, die zur Verfügung stünden, bestätigt. Aber sie sagten nicht die Wahrheit. Sie veröffentlichten im Februar 1964 eine gekürzte und zusätzlich manipulierte Fassung des Berichts von Zacharias Zweig.

Zacharias Zweig ist an der kommunistischen Legendenbildung nicht beteiligt. Als er seinen Bericht im Januar 1961 diktierte, da kannte er das Buch von Apitz nicht. Er beschreibt einfach, wie die politischen Häftlinge in Buchenwald, allen voran Willi Bleicher, Jerzy und ihm selbst geholfen haben, das Lager zu überleben.

Zweig verzichtete darauf, seinen Bericht zu veröffentlichen. Erst 1972 bat er Jerzy, den Bericht eine Generation nach der Abfassung zu publizieren. 1987 ist der Bericht erschienen, in einem kleinen Verlag in Frankfurt am Main, unter dem Titel ‹Mein Vater, was machst du hier …? Zwischen Buchenwald und Auschwitz. Der Bericht des Zacharias Zweig›. Das Buch ist kaum beachtet worden.

Zu Willi Bleicher in Stuttgart und zu Robert Siewert in Ostberlin hat Zacharias Zweig bis zu seinem Lebensende eine enge, freundschaftliche Verbindung unterhalten.

Willi Bleicher ist 1981, 73jährig, gestorben. 1982 wurde die Kranzlerstraße in Stuttgart, an der das Gewerkschaftshaus liegt, in Willi-Bleicher-Straße umbenannt. 1968 war er von der Holocaust-Gedenkstätte Yad Vashem in Jerusalem als ‹Gerechter der Völker› geehrt worden. Zacharias Zweig hatte ihn und Robert Siewert 1964 für diese Auszeichnung vorgeschlagen.

Übrigens ist Jerzy Zweig in den 60er Jahren in die DDR gegangen, um sich zum Kameramann ausbilden zu lassen. Später ist er nach Österreich gezogen.»

11

Awas Mutter war gestorben. Er wollte mir von ihrem Leben im Seniorenheim erzählen.

«Awa», sagte ich, «laß mich erst die Geschichte von Jerzy Zweig zu Ende bringen.»

«Ist die noch immer nicht zu Ende?»

«Ab 1951 haben die ostdeutschen Kommunisten auf dem Gelände des ehemaligen KZ Buchenwald mehrere Ausstellungen installiert. Die SED wollte vorführen, daß der antifaschistische Widerstand der Kommunisten einen ‹patriotischen Charakter› trug.»

«Wieso ‹patriotisch›?»

«Gemeint war: Ein neues Deutschland, das als DDR dastand.»

«Aber die meisten Opfer waren keine Kommunisten. Was haben die Sozialdemokraten, die Juden, die Zigeuner, die Zeugen Jehovas, die Homosexuellen mit dem DDR-Deutschland zu tun? Du hast auch gesagt, daß es viele Kinder im Lager gab, nicht nur Jerzy Zweig.»

«Am 11. April 1995, 50 Jahre nach der Befreiung, hat man eine neue Dauerausstellung eröffnet. Sie soll ein Gedenkort für alle Opfer des Lagers sein, und die stammten aus vielen Ländern, aus verschiedenen Kulturen, sie gehörten verschiedenen Religionen an und vertraten verschiedene politische Überzeugungen. Es gibt nicht mehr nur die kommunistische Erzählung. Buchenwald dient nicht mehr als Kultstätte der ostdeutschen Kommunisten, wo sie den antifaschistischen Gründungsmythos der DDR zelebrieren konnten.»

«Und was hat das mit Jerzy Zweig zu tun?»

«Jerzy Zweig hat im April 2000 in der kommunistischen

Zeitung ‹Neues Deutschland› geschrieben: ‹Allein fuhr ich am 9. April mit dem Nachtzug von Wien nach Weimar, um in der Frühe eines schönen Sonntagmorgens in Buchenwald der toten Kameraden zu gedenken.› Jerzy Zweig redet noch immer von der Selbstbefreiung des Lagers am 11. April 1945, und er bezichtigt den neuen Direktor der Gedenkstätte, dieser trete vehement gegen den Ort ‹unserer Erinnerung› auf. Dabei erinnert sich Jerzy Zweig an gar nichts. Er beklagt, an der Effektenkammer fehle die Tafel, auf der da seit über 40 Jahren zu lesen gewesen war: ‹In diesem Gebäude befanden sich die Effektenkammer, die Häftlingsbekleidungskammer und die Gerätekammer. In der Effektenkammer versorgten Häftlinge den zwischen Säcken versteckten dreijährigen Stefan Zweig. Unter Einsatz ihres Lebens retteten sie das Kind vor der Vernichtung.›»

«Die fehlt?»

«Es gibt eine neue Tafel: ‹In diesem Depot ließ die SS die zivile Bekleidung und Habseligkeiten (Effekten) der Häftlinge sowie im Lager verwendete Häftlingskleidung, Schuhe und Blechgeschirr einlagern. Zehntausende Menschen wurden vom Bahnhof durch das Lagertor zur Desinfektion und in das Kammergebäude getrieben. Die meisten mußten den Weg in das Kleine Lager und in eines der Rüstungskommandos antreten. Unter ihnen waren auch Tausende von Jugendlichen und Kindern. Einer der Jüngsten, ein vierjähriger polnischer jüdischer Junge, wurde hier von politischen Häftlingen versteckt. Über 900 andere überlebten in den Kinderbaracken 8 und 64.›»

«Wahrscheinlich kann Jerzy Zweig seine wahre Geschichte nicht gelten lassen: daß er lebt, weil statt seiner der Zigeunerjunge Willy Blum ins Gas geschickt wurde.»

«Die ostdeutschen Kommunisten haben Jerzy Zweig seine wahre Geschichte gestohlen. Der Opfertausch bot ihnen die Story, aus der sie ihren Mythos gebastelt haben.»

12

Awa sagte: «Meine Mutter war zwölfeinhalb Jahre im Seniorenheim. Mit 76 Jahren ist sie ins Heim gekommen, im 89. Jahr ist sie dort gestorben. Als sie Mitte 80 war, fing sie an zu vergessen.

Sie freute sich über jeden Besuch, wenn sie auch nicht mehr immer wußte, wer sie besuchte. Es war der Besuch an und für sich, der Freude machte.

Ich habe sie damals gefragt: ‹Bist du zufrieden?› Sie hat geantwortet: ‹Ja, schon. Ich interessiere mich nicht mehr für Einzelheiten.› Und nach einer kleinen Pause: ‹So traurig, und solchen Spaß dabei.›

Sie hat gesagt: ‹Ich bete nicht mehr. Ich bin Atheistin geworden.›

‹Wieso denn.›

‹Ich habe festgestellt, daß das Beten nichts nützt. Man muß selber was schaffen. Wenn man das nicht tut, hilft beten auch nichts.›

‹Du, in deinem Alter. Was willst du denn noch schaffen.›

‹Stimmt es, daß ich heimatlos bin?›

‹Nein.›

‹Ich weiß nicht mehr, wer meine Heimat ist. Meine Heimat ist der Fernseher.›

Ich habe sie fotografiert. Sie hat gefragt: ‹Warum tust du das?›

‹Für mich und für dich. Das Foto stelle ich auf meinen Schreibtisch. Und dir bringe ich nächstes Mal einen Abzug mit. Du kannst dann sehen, wer du bist.›

‹Wer war denn mein Mann?›

‹Sieh dir doch das Foto über deinem Bett an. Dieser Mann war dein Mann. Dein Mann war mein Vater.›

Plötzlich fing sie an zu singen: ‹Alle Vögel sind schon da, alle Vögel, alle. Aber einer fehlt.›

‹Wer denn?›

‹Mein Ältester.›»

Ich sah Awa an. Er sagte: «Du kennst doch meine beiden Brüder und meine Schwester. Der älteste Bruder hat die Mutter nur ein einziges Mal besucht. Danach ließ er verlauten, daß er keine Lust habe, Einblick in seine Zukunft zu nehmen.

Ein Vierteljahr später begrüßte mich meine Mutter im Seniorenheim mit dem Satz: ‹Wenn ich gewußt hätte, daß du kommst, hätte ich dir etwas Schönes gekocht.›

Ich habe sie gefragt: ‹Hast du Hunger?›

‹Hunger habe ich nicht›, hat sie geantwortet, ‹aber ein bißchen Hunger hätte ich schon.›

Ich habe ihr das Foto gegeben, das ich letztens von ihr gemacht hatte. Sie hat es sich lange angesehen. Schließlich hat sie gesagt: ‹Wenn ich das Bild so sehe – da fehlt etwas.›

‹Was denn?›

‹Schönheit.›

Wir schwiegen. Plötzlich sagte sie: ‹Ich muß aufs Klo. Ich glaube, ich habe schon in die Hose gemacht.›

‹Oje›, sagte ich, ‹das ist bedauerlich.›

‹Wieso denn?›

Beim Abschied hat sie gesagt: ‹Bring mir ein Foto von dir mit.›

‹Das tue ich. Dann kannst du immer sehen, daß ich eine Glatze kriege. Mein Großvater hatte auch eine Glatze.›

‹Na ja›, sagte sie, ‹hast du ein schönes Andenken an deinen Großvater.›

Ich war erst zwei Monate später wieder bei meiner Mutter. Sie hat gesagt: ‹Das Leben lohnt sich nur, wenn man

Kinder hat. Meine Tochter besucht mich oft. Von ihr habe ich viel. Das hat sich gelohnt. Dich erkenne ich gar nicht, weil du zu selten kommst. Dagegen mein Ältester ist ständig hier.›

‹Ich bitte dich, der kommt doch so gut wie nie. Es wäre mir lieb, wenn du dich daran erinnern könntest, wer ich bin.›

‹Wer bist du denn?›

‹Dein jüngster Sohn.›

‹Ach so, mein jüngster Sohn bist du.›

‹Erinnerst du dich?›

‹Das habe ich dir doch gerade bestätigt. Na ja, mein jüngster Sohn, der war unser vornehmstes Kind. Der hat nie Lieder gesungen. Dazu war der zu vornehm. Der war auch sehr … also der hatte immer Angst davor, daß er jemanden beleidigt.›

Beiläufig fiel mir auf, daß der mittlere Knopf meines Sakkos lockersaß. Ich habe gesagt: ‹Ach, mein Jackenknopf geht ab. Wenn ich eine Frau hätte, dann könnte die den Knopf annähen.›

‹Da sieht man, wie armselig du bist. Kaum geht ein Knopf ab, schon brauchst du eine Frau›.

Sie hat mich mit der Frage verabschiedet: ‹Weißt du, was du hast?›

‹Nein.›

‹Du hast ein bißchen zu wenig Haare auf dem Kopf.›

Bei meinem nächsten Besuch, an einem warmen Julitag, bin ich mit meiner Mutter, die nur noch kleinste Schritte machen konnte, im weitläufigen Garten des Seniorenheims spazierengegangen. Ich habe sie am Arm geführt. Nach einer Viertelstunde haben wir uns auf eine schattige Bank gesetzt. Im Garten waren allerlei Leute unterwegs: Heimbewohner mit ihren Angehörigen oder in der Begleitung von Pflegerinnen.

Meine Mutter hat mich gefragt: ‹Brauchst du eine Frau?›

‹Nein.›

‹Andernfalls hätte ich gesagt: Nimm dir eine von hier; es laufen genug herum. Am besten eine Krankenschwester, die kannst du auch später noch gut gebrauchen.›

Auf dem Rückweg ins Haus hielt uns eine Greisin auf und fragte mich: ‹Na, wie geht es Ihrer Frau Gemahlin heute?›

Nur vier Wochen später, an einem Sonntag im August, unternahmen meine Schwester und ich mit der Mutter einen Ausflug an einen See. Wir besuchten das See-Restaurant und tranken auf der Terrasse Kaffee.

An einem Nachbartisch saß eine feine Familie; zu seiten ihres Tisches hatte sich ein großer edler Hund gelagert, der gelegentlich Wimmertöne von sich gab. Meine Mutter sagte: ‹Das ist ein vornehmer Hund, der bellt langsam.›

Mich hat sie gefragt, wie ich mit Nachnamen heiße. ‹Genau wie du›, habe ich gesagt.

‹Ich heiße anders.›

‹Wie denn?›

Sie nannte einen Namen.

‹Das ist dein Mädchenname›, habe ich gesagt. ‹Aber dein Ehename ist …›

Sie unterbrach mich und sagte: ‹Ich muß einmal über den See schwimmen, damit ich den Ehenamen abwasche. Ich kann aber auch absaufen, dann brauche ich überhaupt keinen Namen mehr.›

An ihrem 85. Geburtstag wollten wir die Mutter wieder ausfahren. Meine Schwester besaß den Ehrgeiz, der Mutter ein schönes Sommerkleid anzuziehen. Das ging nur mühsam voran, und die Mutter rief ungeduldig aus: ‹Wenn du mich noch lange anziehst, gehe ich nackt.›

Unterwegs hatte die Mutter Freude an der Landschaft und an den Dörfern. Sie sagte: ‹Ich sehe mich überall um in der Welt. Wo es am saubersten ist, da lasse ich mich nieder. Vor allem, wo am saubersten gekocht wird.›

In einem Dorf besuchten wir eine Gastwirtschaft. Die Mutter war mit dem Gastraum unzufrieden. Laut sagte sie in den Raum hinein: ‹Ist das ein Puff?› Die Gäste blickten auf.

Bei Tisch zeigte die Mutter auf meine Schwester und fragte mich: ‹Wer ist denn diese Frau. Die hat so ein sanftes Gesicht.›

Während des Essens fing die Mutter zu singen an: ‹Ich hab mein Herz in Heidelberg verloren ...› Auf die Frage meiner Schwester, woher sie das Lied kenne, antwortete sie: ‹Das hat mir mein Sohn beigebracht, als ich noch ein Kind war.›

Am Schluß habe ich meiner Mutter ziemlich ungeschickt in ihren Sommermantel geholfen. Sie hat mich angeherrscht: ‹Das tut weh! Sie sind mir unsympathisch!›

Im Seniorenheim, beim Abschied am Abend, hat die Mutter zu uns gesagt: ‹Laßt mich bloß nicht allein. Ich fürchte mich vor den vielen Fremden hier.›

Bei unserem nächsten Besuch hat die Mutter gefragt, wie alt sie sei. Meine Schwester hat es ihr gesagt: ‹85 Jahre!› Die Mutter hat gelacht und hat gesagt: ‹So alt war ich in meinem ganzen Leben noch nicht.›

Als wir das Seniorenheim verließen, wollte die Stationsschwester mit meiner Schwester ein Wort unter vier Augen reden. Ich trat beiseite, und die beiden sprachen miteinander.

Meine Schwester hat mir gesagt, die Stationsschwester habe ihr anvertraut, daß einige Heimbewohnerinnen sich über unsere Mutter beklagt hätten. Wieso? Die Mutter sei gegen Mittag in den Aufenthaltsraum gekommen und habe die anwesenden Greisinnen gefragt: ‹Na, Mädels? Schon gefickt heute?›»

Ich sagte zu Awa: «Hat deine Mutter in ihrem früheren Leben jemals so geredet?»

«Nie habe ich so etwas aus ihrem Mund gehört.

Bei meinem nächsten Besuch habe ich mich der Mutter mit meinem Vornamen vorgestellt. Sie sagte: ‹Ich wußte gar nicht, daß du dich so gut verstellen kannst. Du bist doch schon tot.›

Dann fragte sie mich: ‹Wie lange ist das schon her, als ich noch gelebt habe?›

‹Du lebst doch!›

‹Nein, nein, das ist schon zu lange her.›

Ich hatte ihr eine große Schachtel bester Pralinen mitgebracht. Sie quittierte die Schachtel mit dem Satz: ‹Hast du die gekauft oder geklaut. Geklaute Pralinen können mir keine Freude machen.›

Ich versicherte ihr, ich hätte noch nie etwas geklaut. Aber sie lachte mich aus. Früher hätte ich doch laufend Sachen geklaut. Ich war verstimmt, habe aber nichts gesagt.

Innerhalb von 30 Minuten hat sie die gute Hälfte der Pralinen aufgegessen. Es war schwer, das anzusehen. Ich sagte: ‹Du ißt Schokolade, und ich kriege Bauchschmerzen davon.›

Sie hat geantwortet: ‹Das ist Gewaltübertragung.›

Übrigens, in ihren Mundwinkeln hatte sich Schokolade angesammelt. Ich sehe so etwas ungern, deshalb gab ich ihr eine Serviette und bat sie, sich den Mund abzuwischen. Da sagte sie: ‹Du bist ein Per… Per… Perfektionist, ein richtiger Affe. Das ist langweilig.›

Ich dachte noch über diesen Satz nach, als sie sagte: ‹Du sitzt da wie ein verschüchterter Idiot.›

‹Da kannst du recht haben. Du schüchterst mich ein.›

Aber sie: ‹Ich! Wie kann ich dich denn einschüchtern. Du bist doch kein Baby.›

Ich habe ihr noch erzählt, daß ihr Ältester mit seinen 65 Jahren das Seniorenheim fürchte. Sie gab zur Antwort: ‹Dann müssen wir den operieren lassen. Müssen wir ihm die Furcht herausschneiden.›

Ich hatte eine ganze Weile keine Lust mehr, die Mutter zu besuchen. Meine Schwester ist aber weiterhin fast jeden Tag zur Mutter gegangen. Sie brachte der Mutter die Nachricht vom Tod ihrer Lieblingscousine, die mit 85 Jahren gestorben war. Die Mutter hat über die Todesnachricht lauthals gelacht.»

«Ich möchte wissen, wie all diese Sachen zu verstehen sind», sagte ich.

«Die Persönlichkeit verändert sich.»

«Das sieht man.»

«Etwas wird abgebaut, geht verloren.»

«Das erlernte soziale Verhalten.»

«Und die ‹normalen› Gefühlsreaktionen. Und die Selbstkontrolle. Anderes bleibt und tritt nackt hervor; Eigenschaften, die nicht länger maskiert sind.»

«Der Grund für den Abbau …»

«Degenerative Gehirnprozesse. Hirnorganische Schäden. Im Volksmund Hirnschwund.»

«‹Bitte Gott für mich, daß er den Satan zertrete›», sagte ich.

«Stammt das von dir?»

«Nein. Von Luther.»

Awa sagte: «‹Wir sind noch frisch und leben wie die Fürsten.› Auch von Luther.

Ich habe meine Mutter erst ein Vierteljahr später wieder besucht.

Vor dem Nachbarzimmer saß ein neuer Heimbewohner. Er umkrampfte eine Gitarre. Ich wollte freundlich zu ihm sein und beging einen großen Fehler; ich bat ihn, eine kleine Melodie zu spielen. Da brach er in Panik aus.

Ich fuhr mit meiner Mutter im Fahrstuhl ins Erdgeschoß. Es gibt da ein Café, ich wollte ihr Kuchen vorsetzen lassen. Auf der Schwelle des Fahrstuhls stolperte die Mutter. Hätte ich sie nicht aufgefangen, wäre sie schwer gestürzt. Ich war erschrocken, aber sie lachte.

Als wir wieder in ihrem Zimmer waren, habe ich ihr das Glaubensbekenntnis vorgelesen. Nach den Worten ‹… auferstanden von den Toten, aufgefahren gen Himmel …› hat sie gesagt: ‹… aufgefahren verschimmelt …› und hat gelacht.

Danach habe ich nicht weitergelesen.

Meine Schwester hat mir erzählt, der Mann mit der Gitarre sei 90 Jahre alt, ein ehemaliger Gitarrenlehrer. Sie sagte: ‹Eines Tages war er verschwunden. Die Pflegerinnen haben die Station durchsucht – vergeblich. Endlich, vor dem Abendbrot, wurde er gefunden. Er hatte sich im Bett unserer Mutter zur Ruhe gelegt. Die Mutter saß ungerührt vor dem Fernseher und sah sich eine Sportsendung an. Gefragt, warum sie dem Gitarrenlehrer nicht die Tür gewiesen habe, hat meine Mutter geantwortet: ‚Alte Männer sind im Bett besser als junge.'›

Beim nächsten Besuch, vier Monate später, hat die Mutter mich gleich gefragt, ob ich ihr Mann sei.

‹Nein, ich bin dein Sohn.›

‹Na, dann kannst du jetzt wieder gehen.›

Ich hatte gezuckerte Erdbeeren mitgebracht. Die liebte sie sehr. Sie sagte: ‹Ach, wie bin ich glücklich. Aber wer weiß, wie lange das Glück dauert. Dann kommt bald wieder ein Trauerrand.›

‹Wieso?›

‹Weil hier so viele Leute sterben. Die sterben ganz schnell. Wie die Affen.›

Ich war von der Reise ermüdet. Sie hat das bemerkt und hat gesagt: ‹Na, du kümmerlicher Kunde.›

Ich habe ihr in den Rollstuhl geholfen und habe sie wieder einmal in den Garten des Seniorenheims gebracht. Hat sie gesagt: ‹Schönes Wetter heute. Der liebe Gott ist uns noch treu.›

Unter einem Sonnensegel haben wir gesessen und uns die Leute angesehen.

Es kam eine Heimbewohnerin heran. Sie erzählte uns, ihr Sohn sei mit 55 Jahren gestorben: ‹Das ist das Schlimmste, was eine Mutter erleben kann. Mein Sohn konnte es nicht verwinden, daß seine junge Frau nach dem Kaiserschnitt gestorben ist. Hat er sich zu Tode gesoffen. Er war dreifacher Ingenieur. Ein intelligenter Mann.›

Als die alte Frau wieder weg war, hat meine Mutter gesagt: ‹Na endlich! Die olle Kanaille!›

Durch den Garten ging eine jüngere Frau. Meine Mutter hat gesagt: ‹Wer ist denn die Frau dort? Die kannst du herbestellen, dann hast du was zum Ficken.›

Ich wollte nicht sagen: ‹Mutter, wie redest du›, weil ich wußte, daß ich sie aus ihrer Welt nicht herausholen konnte. Deshalb habe ich nur gesagt: ‹Diese Frau gefällt mir nicht.›

Sie hat geantwortet: ‹Dann bestell dir eine andere, hier laufen genug herrenlose Weiber herum.›

Ich habe sie gefragt: ‹Was hat man Schönes im Alter?›

‹So etwas wie dich. Wer bist du?›

‹Dein Sohn.›

‹Da habe ich wieder etwas dazugelernt.›

‹Ich bin 25 Jahre jünger als du.›

‹Dann bist du schon ein Murmelgreis.›

Nach einer langen Pause sagte sie noch: ‹Ich weiß gar nicht, wer ich bin und wer ich war. Ich komme mir richtig kindisch vor.›»

«Hattest du nicht manchmal das Bedürfnis, grob zu deiner Mutter zu werden? Sie hat dich beschimpft und beleidigt», sagte ich.

«Nein, nein. Sie hätte es nicht verstanden. Ich habe sie in ihrer Welt gelassen. Letzten Endes hat sie mir leid getan. Aber es ist mir immer schwerer gefallen, sie zu besuchen. Meine Schwester ist stärker. Sie hat die Mutter fast jeden Tag besucht.

Einmal hat meine Schwester mir berichtet, die Mutter fürchte sich vor den vielen Hunden.»

«Wieso Hunden?»

«Meine Schwester fand schließlich heraus, daß auf einer Wolldecke Dackel abgebildet waren. Die wollte die Mutter nicht mehr sehen.

Ich habe die Mutter erst vier Monate später wieder besucht. Ich hatte ihr Bananen und Pudding mitgebracht. An diesem Tag hat sie gar nicht mit mir geredet. Sie wollte nur den Pudding und eine Banane essen.

Zwei Wochen später wurde die Mutter bettlägerig. Da bin ich bald zu ihr gefahren.

Ich mußte auf dem Korridor warten, weil die Mutter gerade versorgt wurde. Ein Patient, der mühsam den Korridor entlangspaziert war, blieb bei mir stehen und sagte: ‹Sie sind ein wissender Mann, Sie werden mich verstehen.›

‹Ich bin ein suchender Mann›, erwiderte ich, aber der Mann ließ sich nicht beirren.

‹Ich bin allein›, sagte er. ‹Voriges Jahr ist mein einziger Bruder gestorben, dieses Jahr meine Frau. Beide an Krebs. Die sind einfach fortgegangen und haben mich allein gelassen. Ich bin gesund. Aber vielleicht habe ich auch Krebs. Man denkt immer, es trifft nur die anderen, und plötzlich bist du selber der andere. Meine Frau ruft mich. Aber ich will noch nicht hinauf. Ich weiß auch gar nicht, wie es da oben ist.›

Das Gespräch mit meiner Mutter war kurz. Sie hat mich gefragt: ‹Warum hast du so große Ohren?›

‹Die habe ich von dir geerbt.›

‹Von mir hat niemand etwas geerbt. Ich bin ein altes armes Weib. Ich weiß nicht einmal, ob ich noch einen Arsch habe. Der ist vielleicht schon verbrannt.›

‹Warum sollte der verbrannt worden sein.›

‹Die Leute wollen es ein bißchen heller haben.›

Ich habe geschwiegen.

Schließlich sagte sie: ‹Alles ist bald vorbei. Wir gehen aus dem Haus. Aber wir müssen noch ein bißchen warten. Warum müssen wir denn noch warten.›

Ich habe geschwiegen.

Zwei Wochen später wurden meine beiden Brüder und ich von unserer Schwester ins Seniorenheim beordert, weil die Mutter ihre Augen fast immer geschlossen hielt und ständig von Abschied sprach.

Der älteste Bruder hatte gleich abgewinkt. Er ließ auch wissen, daß er nicht zur Beerdigung kommen werde.

Der mittlere Bruder und seine Frau kamen sofort aus ihrer Stadt angereist. Er hatte die Mutter seit längerer Zeit nicht gesehen und wandte sich ihr liebevoll zu, aber sie sagte: ‹Wer ist denn dieser Alte?›

‹Weißt du nicht, wer ich bin?›

‹Ein alter Affe.›

Die Schwägerin wollte die Mutter aufheitern und sagte: ‹In vier Tagen ist Weihnachten.›

Die Mutter hat geantwortet: ‹Meinetwegen. Ihr könnt doch machen, was ihr wollt.›

In ihrem 86. Jahr hat die Mutter niemanden mehr erkannt außer meiner Schwester. Die Schwester wurde vom Amtsgericht als Betreuerin der Mutter bestellt. Seit dieser Zeit ist fast nur noch meine Schwester zur Mutter gegangen. Als sie sich einmal von der Mutter verabschiedet hatte, sagte die Mutter: ‹Bleib möglichst lange fort.› – ‹Warum denn?› – ‹Allein ist es am schönsten.›

An ihrem 87. Geburtstag hat die Mutter nicht mehr auf mich reagiert, nur noch auf meine Schwester. Nach zwei Stunden wollten wir aufbrechen, und meine Schwester hat zur Mutter gesagt: ‹Bist du traurig, wenn wir jetzt gehen?› – ‹Nein›, hat sie gesagt, ‹ich bin nicht traurig.› Das war ihr einziger Satz an diesem Nachmittag.

Ein Vierteljahr später habe ich die Mutter wieder besucht. Meine Schwester war schon bei ihr. Die Mutter blickte ihre Tochter gläubig an wie ein Kind seine Mutter. Meine Schwester hat die Mutter gefragt: ‹Hast du geschlafen?› – ‹Ja.› – ‹Hast du geträumt?› – ‹Ja.› – ‹Was hast du geträumt?› – ‹Daß ich schlafe.›

Zu Mittag hat meine Schwester der Pflegerin die Arbeit abgenommen und hat die Mutter gefüttert.

Nach dem Essen hat meine Schwester die Mutter aufgefordert, auch einmal mit mir zu reden. Die Mutter hat geantwortet: ‹Ich habe keine Zeit.›

An ihrem 88. Geburtstag hat die Mutter nichts mehr gesagt.

Acht Monate später hat sie aufgehört zu leben.»

13

«Stell dir Königsberg vor», sagte ich.

«Wieso.»

«Königsberg vor dem Ersten Weltkrieg.»

«Das kann ich nicht.»

«Ostpreußen war noch nicht durch den Korridor vom Deutschen Reich getrennt.»

Awa sagte: «Was soll ich jetzt mit Ostpreußen und Königsberg. Dank Adolf alles futsch. Ostpreußen halb russisch, halb polnisch. ‹Königsberg, die Stadt der reinen Vernunft›, russisch Kaliningrad. Wer war Kalinin?»

«Bis 1946 nomineller Staatschef der Sowjetunion.»

«Na Mahlzeit.»

«Königsberg an der Pregel. 1701 preußische Krönungsstadt.»

«Wird das eine historische Nachhilfestunde?»

«Gotischer Dom. Albertus-Universität seit 1544. Kant. Jetzt heißt die Pregel Pregolja. Der Vorhafen Pillau, mit Königsberg durch den Seekanal verbunden, heißt Baltisk. Das Seebad Zelenogradsk hieß Cranz.

Am 15. Dezember 1909 wurde in Königsberg Hans Ernst Schneider geboren.»

«Der Name sagt mir nichts.»

«Warte noch. Schneiders Vater war Versicherungsangestellter. Protestantischer Kleinbürger. 1919 kam Schneider ins Königsberger Hufen-Realgymnasium. Einer seiner Lehrer war Ernst Wiechert, der Deutsch und Englisch unterrichtete. Wiechert beschwärmte die ‹Wälder und Menschen› Ostpreußens. 1928 machte Schneider das Abitur. Er wollte Schriftsteller werden und fing im Sommersemester 1928 sein Studium an der Albertus-Universität an. Er interessierte sich für Literatur- und Kunstgeschichte und fürs Theater. 1929 studierte er für ein Semester in Berlin. Von seinem Königsberger Universitätslehrer Josef Nadler wurde Schneider angeregt, eine Dissertation zu schreiben über Iwan Turgenjew und dessen Verhältnis zur deutschen Literatur.»

«Was war dieser Nadler für ein Typ?»

«Sein Hauptwerk ist eine ‹Literaturgeschichte der deutschen Stämme und Landschaften›. Vier Bände. Die 4. Auflage, die während der Nazizeit erschienen ist, hatte einen neuen Titel: ‹Literaturgeschichte des deutschen Volkes. Dichtung und Schrifttum der deutschen Stämme und Landschaften›. Für Nadler war Literatur an Volksstamm, Landschaft, Rasse, Blut und Erde gebunden. Und Nadler war Antisemit. 1931 bekam er eine Professur in Wien. An Nadlers Stelle trat 1932 Paul Hankamer.»

«Und der?»

«Soll ein verletzbarer, unsicherer Mensch gewesen sein. Sicheres Auftreten, polemische Schärfe hätten nur darüber hinwegtäuschen sollen. Hankamer war Katholik, aber kein Dogmatiker. Sein großes Thema hieß ‹der Mensch in der Gefährdung›, die deutsche Barockdichtung sein besonderes Forschungsgebiet. Dichtung in der Zeit des Dreißigjährigen Krieges und der Religionskämpfe.

Hankamer, Jahrgang 1891, geboren in Wesel, Zögling eines Dominikaner-Klosters in Venlo. In seiner Jugend ein Anhänger von Stefan George. Als Germanist lehrte er ab 1922 in Bonn, seit 1925 in Köln; im März 1932 kam die Berufung nach Königsberg. Da hatte er schon seine ‹Deutsche Literaturgeschichte› veröffentlicht.

Als erklärter Katholik, christlicher Humanist, konnte er mit den Nazis keinen Kompromiß schließen.

Hans Ernst Schneider dagegen war antikatholisch, völkisch, ein Nadler-Anhänger. Hankamer war für Schneider kein Lehrer.

Angeblich hat Schneider 1935 das Rigorosum bei dem Philosophen Hans Heyse, dem Kunsthistoriker Wilhelm Worringer und eben ausgerechnet bei Paul Hankamer bestanden. Schneiders Dissertation ist nie aufgefunden worden. Vielleicht wurde er in Königsberg gar nicht promoviert.»

«Aber den Doktortitel hat er doch in der Nazizeit getragen?»

«1936 verlor Paul Hankamer aus politischen Gründen seinen Lehrstuhl in Königsberg.»

«Politischen Gründen.»

«In der Zeitschrift ‹Der Student der Ostmark›, die der nazistische Studentenbund herausgab, erschienen im Winter 1935/36 Hetzartikel gegen Hankamer. Es wurde ihm vorgeworfen, er sei ‹rassefremden und rasseschädlichen Kräften dienstbar›.»

«Welche Sprache ...»

«Hankamer hatte Heinrich Mann gerühmt: ‹Die deutsche Prosa hat nun ihren europäischen Stil gefunden und ist durch Heinrich Mann zu einer erstaunlichen Präzision und rhythmischen Bewegtheit gelangt, hat die Schärfe der Dialektik und die Bildfülle der Eindruckskunst erhalten.› Und er hatte von Karl Marx gesagt: ‹1848 erschien das Manifest zur kommunistischen Partei, 1867 erschien Marx' geniale Schrift ‚Das Kapital'. Die Ideologie des Klassenkampfes war damit und damals geschaffen. Eine geniale Persönlichkeit hatte die Wirklichkeit begriffen, bejaht und gab ihr die Idee und die Richtung.›

Gegen die Angriffe der Nazi-Studenten gab es im Januar 1936 eine Unterschriftensammlung am Deutschen Seminar, die der Hankamer-Schüler Ernst-Friedrich Ohly organisiert hatte. Über 40 Leute haben zugunsten von Hankamer unterschrieben. Zum Beispiel Friedrich Luft, der später Theaterkritiker in Berlin war, und Walter Schäfer, nach dem Krieg Lehrer an der Odenwaldschule Oberhambach und von 1962 bis 1972 ihr Leiter.»

«Was wurde aus Hankamer?»

«Er wurde am 8. April 1936 entpflichtet. Es hieß: ‹Der Inhaber des Lehrstuhls für Neuere Germanistik an der Universität Königsberg, Professor Dr. Paul Hankamer, muß aufgrund von § 4 des Gesetzes über die Entpflichtung und Versetzung von Hochschullehrern aus Anlaß des Neuaufbaues des deutschen Hochschulwesens vom 21. Januar 1935 von den amtlichen Verpflichtungen entbunden werden. Das Ausscheiden Hankamers liegt überdies im dringenden Interesse der Hochschulverwaltung.›»

«Wovon hat er fortan gelebt?»

«Die ‹Entpflichtung› bedeutete, daß er nicht mehr lehren durfte; er blieb aber Mitglied der Königsberger Philosophischen Fakultät und bekam weiterhin sein Gehalt.»

«Hatte Hankamer Familie?»

«1928 hatte er Edda Tille geheiratet, die von 1925 bis 1933 Privatdozentin für Germanistik in Köln war. Die beiden hatten zwei Söhne. Edda Tille war sogenannte Halbjüdin. Mit ihren Söhnen ist sie nach Amerika gegangen. Seit 1945 unterrichtete sie deutsche Literaturgeschichte am Seton Hall College, seit 1953 arbeitete sie an der University of Tennessee.»

«Ist Hankamer 1936 in Königsberg geblieben?»

«Nein. Er ging nach Solln bei München. Dort hat er bis 1945 gewohnt.»

«Dann hat sich die Familie wieder zusammengefunden?»

«Nein. Im Juni 1945, bei einem Waldspaziergang, geriet er mit jemandem aneinander, der bewaffnet war. Hankamer wurde von einem Schuß getroffen, der sein Rückgrat verletzte. Acht Tage später, am 29. Juni 1945, starb er in einem Münchner Krankenhaus.»

«Ach.»

«Hankamer hatte in Solln wissenschaftlich und literarisch gearbeitet. Er war darauf vorbereitet gewesen, seine akademische Laufbahn fortzusetzen.»

«Und Schneider? ...»

«Schneider, der sich seit Ende der 20er Jahre als Schriftsteller versucht hatte und erfolglos geblieben war, trat im Oktober 1933 in die Sturmabteilung der Nazipartei, die SA, ein und zog die braune Uniform an.»

«Warum?»

«Im Strom mitschwimmen, das war für ihn das sicherste. Er wollte ja promovieren. Nebenbei: Es ist ganz unwahrscheinlich, daß der SA-Mann Schneider bei Professor Hankamer promoviert wurde. 1937 war die SA für Schneider nicht mehr gut genug, und er ging in die SS, die sogenannte Schutzstaffel der Nazipartei.»

«Wie soll ich mir diesen Typ vorstellen.»

«Als Völkischen. In schwarzer Uniform. Schneider begeisterte sich für deutschen Volkstanz und deutsche Volksmusik. Auch für das Laienspiel. Die Nazis wollten das. Gegen Swing und Jazz. Die Volkskultur sollte sich auf das Erbe der Ahnen besinnen. Schneider deutsch-volksgemäß. Germanisch-arisch. Da wurde an der Universität die Volkskunde wichtig, die Schneider auch studiert hatte. Bei Walter Ziesemer. Die Nazis förderten das Fach. Das Volk sollte das Völkische lieben und das Fremde abweisen.»

«Ekelhaft.»

«Aber für Schneider die große Gelegenheit. Es gab eine ‹Nationalsozialistische Kulturgemeinde›, und für die ‹Hauptabteilung Volkstum und Heimat› der ‹Gaudienststelle Ostpreußen› wurde Schneider 1934 ‹Gaufachstellenleiter›.»

«Diese Titel ...»

«Es paßte zu Schneider. Er wollte zur Gemeinschaft gehören, und es war sein erster bezahlter Job. Die ‹Nationalsozialistische Kulturgemeinde› war übrigens ein Ableger vom ‹Amt Rosenberg›.»

«Der Parteiphilosoph mit dem reinen Blut und der Rassenseele ...»

«... war im Januar 1934 zum ‹Beauftragten des Führers für die Überwachung der gesamten geistigen und weltanschaulichen Schulung und Erziehung der NSDAP› avanciert.»

«Wieder so ein Titel ...»

«Rosenberg wollte Deutschland von der ‹entarteten Kunst› säubern. 1939 hat er ein ‹Institut zur Erforschung der Judenfrage› eingerichtet, das Kunstgalerien in jüdischem Besitz ausgeforscht hat, um die Galerien zu plündern. Ab 1940 hat er ein Kunstraub-Kommando geleitet, das in den besetzten Ländern Kunstwerke beschlagnahmte, ‹Einsatzstab Reichsleiter Rosenberg›. Dieser Kerl ist am 16. Oktober 1946 in Nürnberg aufgehängt worden.»

«Und Schneider?»

«Der fühlte sich als ‹Gaufachstellenleiter› glücklich und wichtig. War jetzt Pfleger germanischen Volkstums. Er veranstaltete Lehrgänge für volkstümlichen Tanz und hielt Vorträge.»

«Dem möchte ich nicht über den Weg gelaufen sein.»

«Es gab etwas, das Schneider viel mehr anzog als die

simple Volkstumspflege. Und das war das ‹germanische Erbe› und die ‹Rassereinheit›. Die Idee vom neuen germanisch-arischen Menschen. Die fand er in der SS. Im April 1937, wie gesagt. Als Schneider die braune SA-Uniform mit der schwarzen Uniform der SS vertauschte, war er noch nicht einmal NSDAP-Mitglied. Aber das ließ sich nachholen, am 1. Mai 1937. Und schon ab Februar 1938 war Schneider hauptamtlicher Referent im ‹Rasse- und Siedlungshauptamt› der SS in Berlin. ‹Rasse› und ‹Siedlung›, das war die praktische Seite der ‹Blut und Boden›-Ideologie. Der rassereine germanische Bauer besiedelt den slawischen Osten.

Das ‹Rasse- und Siedlungshauptamt› der SS existierte schon seit 1931. Und seit Ende 1931 galt der ‹Heiratsbefehl›.»

«Ein Befehl zum Heiraten?»

«Nein. Jeder SS-Mann, der heiraten wollte, mußte dort eine Heiratsgenehmigung beantragen. ‹Erbgesundheit› und ‹Rassereinheit› wurden überprüft.»

«Da war Schneider hoch aufgestiegen.»

«In die Führungsetage der Berliner SS-Zentrale.»

«Erstaunlich für einen Mann von 28 Jahren.»

«Er dachte völkisch, war intelligent, geltungssüchtig, und er wollte andere belehren. Der Posten war ihm auf den Leib geschrieben. Wahrscheinlich hatte ihn jemand empfohlen.»

«Wer?»

«Franz Alfred Six. Der hatte seit November 1934 einen Lehrauftrag für Publizistik an der Königsberger Universität inne. Er kannte Schneiders ‹Begabung›. Seit 1935 arbeitete Six im Sicherheitsdienst-Hauptamt der SS. Wahrscheinlich agierte Schneider von jetzt an auch als Spitzel des SS-Sicherheitsdienstes.»

«Die SS war eine verbrecherische Organisation, und Schneider war SS-Führer.»

«Die SS verfolgte die Nazigegner, und sie wollte den neuen Nazimenschen züchten. Sie sollte die Elite des neuen Nazimenschen sein. Das weltanschauliche Zentrum dieser totalitären Elite-Idee war die ‹Lehr- und Forschungsgemeinschaft Ahnenerbe›. Und in dieses ‹Ahnenerbe› trat im Oktober 1938 Hans Ernst Schneider ein. Ende 1938 wird der SS-Chef Heinrich Himmler der Präsident vom ‹Ahnenerbe›. Das Amt sollte das ‹Rassische› erforschen und dem Volk die Ergebnisse beibringen.

Offiziell gehörte Schneider seit 1. Januar 1939 dazu.»

«In Berlin?»

«Der ‹Ahnenerbe›-Amtssitz befand sich in Berlin-Dahlem, in der Pücklerstr. 16. 1942 kommt das ‹Ahnenerbe› zum ‹Persönlichen Stab Reichsführer SS› Heinrich Himmler. Schneider ab 1942 im Persönlichen Stab eines der größten Naziverbrecher. Schneiders unmittelbarer Vorgesetzter hieß Wolfram Sievers, Reichsgeschäftsführer.

Schneider ging bald auf Reisen. Noch 1938 nach Salzburg. ‹Ahnenerbe Außenstelle Südost›, von den Nazis gleich nach der Übernahme Österreichs eingerichtet. Die Hausaufgaben lauteten: Ist Österreich germanisch? Strahlt das Germanische nach Südosteuropa aus? Das Ziel: Kampf gegen den Katholizismus. Und Diebstahl katholischen Eigentums.

Nach dem Beginn des Krieges wollte das ‹Ahnenerbe› seinen militärischen Nutzen belegen. In den besetzten Gebieten sollten die Mitarbeiter Nazigegner beobachten. Außerdem war das ‹Ahnenerbe› erstes Kontaktbüro für Nazikollaborateure. Und die Wissenschaft bestand darin, überall das Germanische nachzuweisen.

Der schneidige Totenkopf- und Runen-Schneider begegnete 1939 Annemarie Oldenburg. Sie war Gymnastiklehrerin im ‹Bund Deutscher Mädel›. Ende 1941 heirateten die beiden und gründeten eine ‹rassisch wertvolle, gesunde deutsche Familie›, wie Himmler es einst gesagt hatte. Das Ehepaar wohnte in Berlin-Schöneberg, Innsbrucker Str. 23; 1942 kam eine Tochter zur Welt.

Ende Oktober 1939, knapp zwei Monate nach dem deutschen Überfall auf Polen, erhielt Schneider einen Befehl seines Chefs, des Reichsgeschäftsführers Sievers:

‹Auf Grund einer Mitteilung vom SD-Hauptamt haben Sie sich ab sofort – grau eingekleidet und mit Gestapo-Ausweis versehen – in Marsch zu setzen nach Krakau, Pomorska-Gasse 2, und sich dort zu melden bei SS-Sturmbannführer Müller. Wegen des Gestapo-Ausweises wollen Sie sich sofort persönlich in Verbindung setzen mit SS-Obersturmbannführer Burmester, SD-Hauptamt, Wilhelmstr. 102 (Vorzimmer von SS-Standartenführer Six).›

SS-Untersturmführer Schneider konnte dem Befehl nicht folgen, weil er Zahnschmerzen hatte. Aber so ganz sicher ist das nicht.»

«Was sollte Schneider in Krakau.»

«Die deutsche Wehrmacht ist von Sicherheitsdienst-Einsatzgruppen begleitet worden, die den Auftrag hatten, Juden und polnische Intellektuelle zu ermorden. Zum Beispiel bei der ‹Sonderaktion Krakau› wurden 183 Angehörige der Jagiellonen-Universität und der Bergbau-Akademie von der SS zu einem Gespräch eingeladen über die deutsche Haltung zu Wissenschaft und Universität. Ein Gespräch aber gab es nicht. Die Leute wurden auf Lastwagen getrieben und in das Konzentrationslager Sachsenhausen gekarrt. Und in Lemberg hat eine SD-Einsatzgruppe 38 Professoren ermordet.»

«Gehörte Schneider zu der Einsatzgruppe in Krakau?»

«Nein. Aber parallel zur SD-‹Sonderaktion Krakau› gab es eine ‹Ahnenerbe›-Aktion zur ‹Sicherstellung deutschen Kulturgutes›.»

«Was heißt ‹deutschen› ...»

«In Privatwohnungen, Herrenhäusern, Schlössern und Museen raubte die SS polnische Kunstschätze. In Krakau und in Warschau existierten ‹Sammelstellen für beschlagnahmte Kunst›. Und das ‹Ahnenerbe›-Kommando, zu dem Schneider befohlen worden war, bediente sich eben in Krakau.»

«Und Schneider war wegen seiner Zahnschmerzen nicht dabei?»

«Keiner weiß es.»

«Außer Schneider.»

«Aber das war's noch nicht mit Schneiders ‹Osteinsatz›. Im Dezember 1939 mußte er nach Riga. Lettland sollte – genau wie Estland – nach dem deutsch-sowjetischen Nichtangriffspakt den Sowjets gehören; und zuvor ließen die Nazis 80 000 oder 90 000 ‹Volksdeutsche› ins ‹Reich› schaffen, und das ‹Ahnenerbe› requirierte ‹deutsches Kulturgut› für den Transport nach Deutschland. Was Schneider in Riga gemacht hat, weiß keiner genau.»

«Lohnt es sich, noch länger über diesen Muster-Germanen zu reden?»

«Du wirst sehen. Im Juli 1940 fing Schneider als germanischer Wissenschafts- und Kulturfunktionär in Den Haag an. Am 15. Mai hatten die niederländischen Streitkräfte kapituliert, und schon im Juli saßen Leute vom ‹Ahnenerbe› in den Niederlanden.»

«Wem unterstand Schneider dort?»

«Hans Rauter.»

«Sagt mir nichts.»

«Rauter war ab Mai 1940 ‹Generalkommissar für das Sicherheitswesen› beim ‹Reichskommissar in den besetzten niederländischen Gebieten›.»

«‹Reichskommissar› war Seyß-Inquart.»

«Von 1940 bis 1945. In Nürnberg 1946 zum Tode verurteilt und hingerichtet.»

«Und Rauter?»

«Als oberster Nazi-Polizeichef in den Niederlanden direkt verantwortlich für die Deportation von 110 000 Juden in die Konzentrationslager. Stand 1948 in Den Haag vor einem Sondergericht. Zum Tode verurteilt, 1949 hingerichtet.»

«Was hat Schneider in den Niederlanden gemacht.»

14

Ich habe zu Awa gesagt: «Ich habe keine Lust mehr, mich mit diesem Schneider zu beschäftigen. Überhaupt, ich bin es müde, ‹Fälle› zu erkunden. Als wir damit anfingen, sollte es ein Hobby sein. Ein Hobby für pensionierte Meteorologen. Wir konnten nicht mehr ins Institut gehen. Die jüngeren Leute hätten uns zwar höflich empfangen, aber gerne hätten sie uns nicht gesehen. Wir wollten auch nicht untätig zu Hause sitzen. Also Daten sammeln wie früher, diesmal historische. Gerade so, daß Zeit bliebe für Konzert- und Theaterbesuche, für Sport, welch ein Witz!, und für Reisen. Aber was ist daraus geworden? Wenn ich dir nicht gerade von meinem ‹Fall› erzähle, dann sitze ich in der Bibliothek und krame in den Lebensdaten von Leuten herum. Das kostet mich das Leben.»

«Gleich das Leben?»

«Es kostet mich zuviel Lebenszeit. Geht es dir nicht auch so?»

Awa sagte: «Nein.»

«Wir sind keine geübten Historiker.»

«Das müssen wir gar nicht sein. Ein Historiker könnte auch nur Hobby-Meteorologie betreiben.»

«Ich weiß schon nicht mehr, wann ich das letzte Mal in einem Konzert war. Sogar abends hocke ich über dem ‹Fall›. An die letzte Reise erinnere ich mich nur dunkel.»

«Es war eine Dienstreise.»

«Da siehst du es. – Um Ida kümmern wir uns nicht.»

«Sie kümmert sich nicht um uns.»

«Ach, laß das.»

Awa sagte: «Ich höre dir gerne zu.»

«Ich muß jetzt spazierengehen.»

Unterwegs traf ich einen Nachbarn. Er ging ein Stück mit mir und sagte: «Ick nix gutt. Ick 20 Jahr Siemens. Kuhlschrank bauen. Herz kaputt. Arzt sagen: ‹Du Rente!› Aber dann ick tausend Mark. Un Miete kost tausend Mark. Mein Sohn nix arbeiten. 20 Jahr alt. Mussen arbeiten! Aber nix hören. Immer Disco un Mädschen.»

Ich sagte: «Was sagt Ihre Frau dazu.»

«Mein Frau Scheiße. Immer schimpfen. Sagen: ‹Du nix Kinder drucken zu Arbeit.› Ick sagen: ‹20 Jahr nix Kind. Mussen Geld verdien.›

«Verdient Ihre Frau etwas?»

«Frau nix arbeiten. Immer Hand auf: ‹Geld!› Ick nix Geld. Frau nix schlafen mit mir. Schlafen in Zimmer von Sohn. Ick 27 Jahr verheiratt. Ick ander Frau brauchen. Ick viel Problem.»

Er hatte es plötzlich eilig und ließ mich allein weitergehen.

15

Nach meiner Rückkehr sagte Awa: «Also, Schneider in den Niederlanden.»

«Na schön. Zuerst: Was hat Schneider gewollt. 1940 war er Chef einer Zeitschrift namens ‹Weltliteratur› geworden. Schriftleiter nannte sich das auf Nazideutsch. ‹Weltliteratur› – ein hochtrabender Name. In der Einleitung zur ersten Nummer unter seiner Regie hat er beschrieben, woran ihm gelegen war. Er wollte eine Idee durchsetzen, die Idee von ‹völkischer Weltanschauung und großgermanischer Gemeinsamkeit in einem kommenden, neugeordneten Europa›.»

«Das kommt aus tiefer nazistischer Überzeugung.»

«Schneider warnte auch vor Gegnern, die auf ‹politische Wendungen› hofften, durch die ‹sie wieder an die Oberfläche einer sogenannten demokratischen Staatsführung› kommen könnten. Inzwischen gebe es aber ein ‹bewußtes Auftrotzen des ‚Volkes' gegen das Schema eines demokratischen Staatssystems›. Schneider wollte als ein geistiger Führer ‹germanisches Volks- und Kulturbewußtsein› publizistisch verbreiten und die Gegner der Nazi-Weltanschauung bekämpfen.»

«Publizistisch bekämpfen?»

«Publizistisch und geheimdienstlich. Als SS-Führer verfügte Schneider auch über einen Organisationsapparat. Er leitete die Zeitschrift ‹Weltliteratur›, und er gründete und leitete eine niederländischsprachige Zeitschrift namens ‹Hamer›. In ‹seinen› Zeitschriften agierte Schneider als Autor und Rezensent, und für den Sicherheitsdienst agierte er als Zensor. Außerdem stand ihm die ‹Völkische Arbeitsgemeinschaft› zu Diensten, die ‹Volkse Werkgemeenschap›, die von Hendrikus Feldmeijer geleitet wurde, dem Anführer der niederländischen SS.»

«Eine ‹völkische Arbeitsgemeinschaft› der SS in den Niederlanden?»

«Nach außen hin eine Organisation für die volkskundliche Forschung. Aber nach Schneiders Worten sollte die Arbeitsgemeinschaft die ‹völkische und arteigene Selbstbesinnung und Bewusstwerdung› der Niederländer vertiefen.»

«Die Niederländer als Arier reklamieren.»

«Niederländern und Deutschen sollte ‹das Erlebnis gemeinsamen Volks- und Brauchtums› vermittelt werden, um die Grenze zwischen den Niederlanden und Deutschland ‹auszulöschen›. Schneider wollte den Niederländern das Gefühl beibiegen, daß die Nazis die Niederländer nicht vergewaltigen, sondern daß die deutsche Herrschaft der Ausdruck einer inneren Gemeinsamkeit mit den Niederländern sei.»

«Pervers.»

«Schneiders Gedanken. Für die Zeitschriften ‹Hamer› und ‹Weltliteratur› trommelte er passende Beiträge zusammen. Seinen Königsberger Volkskunde-Professor Walter Ziesemer bat er für ‹Hamer› um einen Aufsatz, der die Siedlung von Holländern in Ostpreußen beschreiben sollte.»

«Was heißt das denn?»

«Die Niederländer als ‹Stammesverwandte› der Deutschen herausstreichen und sie in den eroberten Gebieten an die Stelle der Slawen setzen.

Für eine Sondernummer der ‹Weltliteratur› bat er die Balladendichterin Agnes Miegel um einen Beitrag über das ‹ostdeutsche Menschentum›.»

«Miegel?»

«Die ‹Droste Ostpreußens›. Von den Nazis geliebt.

Über Hitler hat sie 1940 geschrieben: ‹Übermächtig füllt mich demütiger Dank, daß ich dieses erlebe, Dir noch dienen kann, dienen den Deutschen mit der Gabe, die Gott mir verlieh!›»

«Was meinte sie mit ‹dieses›.»

«Den Überfall auf Polen. Die Miegel mußte 1945 aus Königsberg fliehen. Bis Ende 1946 lebte sie in einem Flüchtlingslager in Dänemark, später wohnte sie in Niedersachsen. Gestorben ist sie 1964, in Bad Salzuflen.»

«Und sonst? Ich meine, Schneider in den Niederlanden.»

«In der Goebbels-Zeitschrift ‹Das Reich› hat er eine knappe Woche nach der endgültigen Kapitulation der deutschen Truppen in Stalingrad einen Artikel veröffentlicht unter der Überschrift ‹Das Tragische›. In der Stalingrader Schlacht sind an die 150 000 deutsche Soldaten gefallen, und Schneider rechtfertigt ihren Tod als ‹Wesen des nordischen Seins›, als ‹germanisch-deutschen Mythos vom Kämpfer, Soldaten und Ritter›.»

«Und er selber?»

«War UK.-gestellt. Unabkömmlich. Er konnte an der Front nicht tragisch untergehen, weil er zu Hause als Propagandist des deutschen Kämpfertums gebraucht wurde.»

«Schneider in Den Haag bis ...?»

«1942. Er ist viel herumgereist. Da kümmerte er sich um ‹blutsnahe› Wissenschaftler, die ‹großgermanisch› umarmt werden mußten. Übrigens: Es war Schneider erlaubt, in den Niederlanden Zivil zu tragen. Er kümmerte sich auch um die Anwerbung von niederländischen Freiwilligen für die Waffen-SS. Dafür gab es extra eine ‹germanische Freiwilligen-Leitstelle›.»

«Ein Nazi durch und durch.»

«Kein kleines Licht. Ehrgeizig und intelligent. Er kannte Himmler persönlich. In Den Haag hatte Schneider eine Foto-Ausstellung organisiert. Himmler kam zur Eröffnung und lobte Schneider.

Der besorgte in den Niederlanden ein Geburtstagsgeschenk für Himmler: Antiquitäten.

Schneider gehörte zur geistigen Elite der SS. Reinste Nazi-Überzeugung: Rassistische Volksgemeinschafts-Ideen, ‹nordischer› Heroismus. Dazu Experte für Organisation und Verwaltung.»

«Brauner Technokrat.»

«Im Juni 1942 kehrte Schneider nach Berlin zurück. Im ‹Ahnenerbe› stieg er zum Leiter des ‹Kulturpolitischen Referats› auf. Saß wieder in Dahlem. In der Pücklerstraße.

Am 12. Januar 1943 ein Auftrag von seinem Chef Sievers, in den Niederlanden medizinische Geräte zu besorgen.»

«In den Niederlanden?»

«Aus den Beständen der Universität Leiden.»

«Gab es keine Geräte in Deutschland?»

«Da wurden sie gebraucht, für Deutsche.»

«Was waren das für Geräte.»

«Wir sind keine Mediziner.»

«Trotzdem.»

«Zum Beispiel eine Apparatur zur Bestimmung von Sauerstoff-Defiziten.»

«Für das ‹Ahnenerbe›?»

«Im ‹Ahnenerbe› existierte auch ein naturwissenschaftlicher Bereich, das ‹Institut für Wehrwissenschaftliche Zweckforschung›. Seit Juli 1942, auf Anordnung von Himmler.»

«Und?»

«Für dieses ‹Institut› arbeiteten Mediziner. Zum Beispiel

der Stabsarzt der Luftwaffe, Dr. Sigmund Rascher, und Professor August Hirt.»

«In Berlin-Dahlem?»

«Professor Hirt in Straßburg und Natzweiler-Struthof. Dr. Rascher in München und Dachau.»

«Ich kenne Natzweiler. Dort gab es ein KZ.»

«Und von dem KZ in Dachau weiß jedes Kind.»

«Das glaubst du.»

«Dr. Rascher betätigte sich im KZ Dachau.»

«Als Lagerarzt?»

«Als Experimentator. Leiter eines Versuchslabors. Er benutzte Häftlinge als Versuchspersonen für Höhenexperimente. Auf Wunsch von Himmler, zu Nutz und Frommen der deutschen Luftwaffe. Einen Wagen mit installierter Unterdruckkammer und mit Meßgeräten hatte die Luftwaffe nach Dachau gebracht; er wurde dort ‹Himmelfahrtswagen› genannt. In diesem Labor konnte Dr. Rascher die Versuchspersonen in Zustände versetzen, wie sie bei einem schnellen Aufstieg in Höhen bis über 20 Kilometer entstehen. Und bei einem schnellen Sturz in die Tiefe. Wie reagiert ein Mensch? Ist er fähig, diese Umstände zu überleben? Von Februar bis Mai 1942 sind bei diesen Experimenten 80 Häftlinge gestorben. Dr. Rascher hat den Verlauf seiner Experimente öfter gefilmt.»

«Danach ist er zur Luftwaffe zurückgegangen?»

«Nein. Er wollte neue Experimente machen.»

«In Dachau?»

«In Dachau. Von Oktober 1942 bis Mai 1943. Wieder für die Luftwaffe. Jetzt interessierte die ‹Wirkung der Abkühlung auf den Warmblüter›. Bisher hatte man Tierversuche gemacht. Dr. Rascher war auf die Idee gekommen, Versuche an KZ-Häftlingen zu machen.»

«Was sollte das.»

«Wenn Flieger über See abstürzen. In eisiges Wasser. Wie reagiert ein Mensch? Wie kann er überleben? Dr. Rascher hat zwei Methoden angewendet. Die Häftlinge wurden entweder in 4 bis 6 Grad kaltes Wasser gelegt, nackt, bis sie erstarrt waren. Oder sie wurden nachts, das war im Winter 1942, bei minus 20 bis 25 Grad nackt ins Freie gelegt und stündlich mit Wasser übergossen. Ein Drittel aller Versuchspersonen ist gestorben. Die Überlebenden, besonders wichtig fand Dr. Rascher, wie sie wieder zu erwärmen wären. Er hat sie zu nackten Frauen legen lassen, KZ-Insassinnen, die extra aus dem Lager Ravensbrück geholt worden waren. Die belebende Wirkung entsprach nach Raschers Zeugnis ‹einem heißen Vollbad›.

Für die Auswertung seiner Versuche fehlte es Dr. Rascher an manchen Analysegeräten. Und so reiste Schneider am 13. Januar 1943 nach Den Haag, um in den Niederlanden die gewünschten Geräte zu beschaffen.»

«Hat er sie gekriegt?»

«Einige. Man hat sie nach Dachau gebracht.»

«Wußte Schneider, wozu sie gebraucht wurden?»

«Wahrscheinlich.»

«Im Juli 1943 hat Himmler befohlen, das ‹Ahnenerbe› mit seinem Reichsgeschäftsführer Sievers nach Waischenfeld bei Erlangen zu verlegen. Schneider mußte mit ungefähr 30 Leuten in Berlin bleiben.»

«‹Geistige› Arbeit leisten?»

«Er dachte über Europa nach. Zusammen mit seinen germanistischen Freunden im Reichssicherheitshauptamt Hans Rößner, Wilhelm Spengler und Walter von Kielpinski. Für die Zukunft. Die Zeit nach dem ‹Germanischen Großreich›.»

«Bis 1945 war es nicht mehr weit.»

«Schneider hatte bei seinem Chef Sievers beantragt, zum Sicherheitsdienst der SS gehen zu können. Am 3. März 1945 antwortete Sievers: ‹Unter den gegebenen Umständen habe ich gegen Ihre Mitarbeit beim Reichssicherheitshauptamt nichts einzuwenden.›

Schneider gehörte von jetzt an zum Amt III im Reichssicherheitshauptamt. Der Chef von Amt III hieß Otto Ohlendorf. Schneider arbeitete im Bereich C ‹Kultur›. Das Amt III bespitzelte Leute, ihr privates Leben und ihre politische Haltung, und verschaffte der Nazi-Führung einen Überblick über die öffentliche Meinung.

Vom Juni 1941 bis zum Juni 1942 befehligte Ohlendorf die SS-Einsatzgruppe D in Südrußland und in der Ukraine. Die Einsatzgruppe D hauste zum Beispiel in Nikolajew, Cherson, Podolien und auf der Krim. Während seines ‹Osteinsatzes› blieb Ohlendorf immer der Chef von Amt III im Reichssicherheitshauptamt. Im Nürnberger Einsatzgruppen-Prozeß stand er vor Gericht. In einer eidesstattlichen Erklärung hat er ausgesagt: ‹Als die deutsche Armee in Rußland einmarschierte, war ich Führer der Einsatzgruppe D im südlichen Sektor, und im Laufe des Jahres, während dessen ich Führer der Einsatzgruppe D war, liquidierte sie ungefähr 90 000 Männer, Frauen und Kinder. Die Mehrzahl der Liquidierten waren Juden, aber es waren unter ihnen auch einige kommunistische Funktionäre.› Ohlendorf wurde 1948 zum Tode verurteilt und am 8. Juni 1951 in Landsberg aufgehängt.»

«Schneiders Amts-Chef.»

«Am 21. April 1945 ist Ohlendorf aus Berlin getürmt.»

«Allein?»

«Ohlendorf und der Rest seiner Truppe vom Amt III. Sie sind in mehreren Wagen über Fehrbellin in Richtung

Schleswig-Holstein gefahren. Die Straße war am 21. April noch frei. Schneiders Freund Hans Rößner war mit von der Partie.»

«Und Schneider?»

«Wahrscheinlich auch. Schneiders Frau hatte Berlin schon am 1. April 1945 verlassen. Mit ihrer zweijährigen Tochter und in Gesellschaft der Frauen Rößner und Kielpinski ging es nach Neuendettelsau in Franken. Dort hielt sich Schneiders Schwester in einem NS-Mütterheim auf, das eigentlich eine evangelische Missionsstation war, und Schneiders Frau fand da Unterschlupf.

Es gibt noch eine andere Version von Schneiders Flucht. Er stellte sich einen Marschbefehl nach Flensburg aus und fuhr, zivil gekleidet, mit dem Fahrrad drei Tage lang in nordwestliche Richtung bis Lübeck.»

«Wann soll das gewesen sein?»

«Am 24. oder 25. April 1945.»

«Aber da war doch Berlin von den Russen schon eingeschlossen.»

«Schneider landete jedenfalls Ende April in Lübeck; die Engländer waren noch nicht einmarschiert. Er besaß die Adresse einer Familie, die ihm ein Zimmerchen gab. Es war die Familie einer Sekretärin von Kielpinski, seinem SS-Freund aus dem Reichssicherheitshauptamt; die Familie fragte nicht viel.

An einem der nächsten Tage ging Schneider zum Lübekker Sicherheitsdienst SD. Er verlangte einen Paßantrag. Aber Paßanträge gab es nicht mehr; er mußte sich mit einem Formular des Meldeamtes begnügen. Schneider schrieb den Namen Hans Werner Schwerte auf das Blatt; geboren am 3. Oktober 1910 in Hildesheim. Am 2. Mai 1945 hat Schneider sich in Lübeck polizeilich angemeldet.»

«Bist du sicher?»

«Nein.»

«Wann haben die Engländer Lübeck eingenommen?»

«Am 2. Mai.»

«Und Schneider war vor dem Einmarsch der Engländer bei der Polizei? Oder nachher?»

«Andere sagen, Schneider sei schon mit neuem Personalausweis aus Berlin abgereist. Das Amt III des Reichssicherheitshauptamtes habe zum Schutz seiner Mitarbeiter Personalausweise mit ziviler Berufsangabe ausgegeben. Leute, die meinten, besonders gefährdet zu sein, konnten auch einen Ausweis mit falschem Namen bekommen. Jedenfalls sollte es nach Schneiders Wunsch keinen SS-Hauptsturmführer Dr. Hans Ernst Schneider mehr geben, statt dessen einfach einen Hans Werner Schwerte. Sein oberster Dienstherr, der Ex-Reichsführer SS und Ex-Reichsinnenminister Heinrich Himmler ...»

«Ex?»

«Hitler hatte Himmler am 28. April aller Ämter enthoben, weil der den Westalliierten am 23. April eine Teilkapitulation angeboten hatte. Schneiders oberster Dienstherr Himmler hat sich zuletzt auch einen falschen Namen zugelegt. Ich glaube, er nannte sich Heinrich Hitzinger. Er hat sich den Schnurrbart abrasiert, eine schwarze Klappe über das linke Auge gebunden und die Uniform eines einfachen Soldaten angezogen. So bewegte er sich mit einer Gruppe von Getreuen in der Gegend von Flensburg. Am 21. Mai haben die Engländer ihn und seine Begleiter auf einer Brücke bei Bremervörde gefangengenommen. Himmler gab sich zu erkennen, und man brachte ihn ins Hauptquartier der 2. britischen Armee in Lüneburg. Am 23. Mai zerbiß er eine Zyankali-Ampulle, die er im Mund versteckt gehalten hatte.»

«Himmler gleich Hitzinger oder Hitzinger gleich Himmler. Die Engländer haben Himmler bestimmt nicht mit ‹Hitzinger› angeredet.»

«Schneider gleich Schwerte oder Schwerte gleich Schneider. Wie soll ich Schneider nennen? Weil er sich einen anderen Namen zugelegt hat, ist er für mich kein anderer.»

«Nenne ihn meinetwegen ‹alius atque alius› – bald dieser, bald jener.»

«Das ist zu lang, und es stimmt nicht; er ist kein ‹alius›.»

«Ein falscher Name ist ein Pseudonym.»

«Ein Pseudonym ist heutzutage einfach ein angenommener Name. Das ‹Pseudo› – falsch, unecht, unwahr, erlogen – wird gar nicht mehr mitgedacht.»

«Dann nenne ihn ‹Pseudo›.»

«‹Schwerte› ist ein Deckname. Ich nenne ihn bei seinem richtigen Namen. Am 2. Mai 1945 stand Schneider in Lübeck hinter der Gardine und sah zu, wie englische Panzer in die Stadt rollten. Er war davongekommen, aber er trug ein gefährliches Zeichen – die Tätowierung der SS-Mitgliedsnummer auf der Innenseite des linken Oberarms. Ein Jemand vom ehemaligen Sicherheitsdienst empfahl Schneider einen Arzt. Der Arzt war geübt; er entfernte die Tätowierung und präparierte auch gleich die Außenseite des Arms. Die beiden Narben sahen aus, als rührten sie von einem Armdurchschuß her, einer Kriegsverwundung.»

16

Awa geht gerne einkaufen. Für seine Mahlzeiten besorgt er sich alles in einem riesigen Supermarkt. Ihm gefallen die Kassiererinnen. Die eine hat es ihm besonders angetan. Er weiß sogar schon ihren Vornamen. Kürzlich bin ich ausnahmsweise mit Awa in den Supermarkt gegangen. Ich kaufe lieber in kleinen Läden ein.

Awa hat nur eine Gurke und drei Tomaten gekauft. Seine Kassiererin sagte: «Heute so wenig?»

Awa zog den Bauch ein und sagte: «Ich möchte schlank bleiben.»

Die Kassiererin sah auf. «Och, mein Großvater ist viel dicker!»

Als wir den Laden verlassen hatten, sagte ich: «Wenn sie wenigstens ‹Mein Vater› gesagt hätte.»

Awa sagte nichts.

Als Antonio in der Stadt war, um an der Konferenz über das polare Ozonminimum teilzunehmen, bin ich mit ihm im selben Supermarkt gewesen. Er hatte nur eine Flasche Mineralwasser genommen und war in Eile. An der Kasse stand eine alte Frau vor uns in der Reihe, die ihr Geld nicht finden konnte. Sie kramte und kramte in ihrer Tasche. Die Kassiererin wartete geduldig, aber Antonio sagte zu der alten Frau: «Beeilen Sie sich ein bißchen, ich habe noch etwas vor. Ich möchte noch leben!»

Die Frau, die gebückt ging, hob den Kopf, blickte Antonio an und sagte: «Ich auch.»

Auf der Straße begegneten wir meinem alten Nachbarn. Er stützte sich an einer Hauswand ab, sein Gesicht war hochrot.

Ich sagte: «Was ist passiert!»

Er schnappte nach Luft, ließ sich auf die Treppenstufe zu einem Laden nieder und sagte: «Herz kaputt. Ick Durst.»

Antonio öffnete seine Mineralwasserflasche und gab sie ihm. Er trank und wollte Antonio die Flasche zurückgeben. Antonio winkte ab. Mein Nachbar sagte: «Du gutt Mann.»

Ich fragte ihn, ob wir ihm helfen könnten. Er schüttelte den Kopf. «Ick sitzen.»

Antonio sagte: «… 'ne interessante Gegend.»

«Da gibt es noch andere Sachen», sagte ich. «Ein Dieb ist in die Wohnung einer alten Frau gekommen …»

«Wie.»

«Er hat geklingelt, sie hat hinter der Wohnungstür gefragt: ‹Wer da?› Er hat geantwortet: ‹Vom Sozialamt›, sie hat geöffnet. Der Kerl hat die Frau umgestoßen, ist in die Küche gegangen, hat ihre Geldbörse geschnappt und ist davon.»

«War die Frau verletzt?»

«Leicht.»

«Auf welcher Etage wohnt sie?»

«Hinterhaus parterre. Der Kerl läuft über den Hof ins Vorderhaus, die alte Frau hinter ihm her ‹Hilfe! Ein Dieb!›. In diesem Augenblick geht die Haustür auf, ein Hausbewohner, der von der Arbeit zurückgekommen ist, betritt den Hausflur. Der Dieb will eilig an ihm vorbei, aber der Hausbewohner begreift, was los ist, und schlägt den Dieb mit einem einzigen Boxhieb nieder.»

«Woher weißt du das.»

«Der Boxer hat es mir erzählt.»

«Ein richtiger Boxer?»

«Nein, ein Taxifahrer. Er nimmt dem Dieb die Geldbörse der alten Frau ab, gibt sie der alten Frau zurück und sagt: ‹Rufen Sie die Polizei!›

Die alte Frau läuft in ihre Wohnung und telefoniert. Innerhalb von Minuten standen zwei Polizisten im Hausflur.

Der Boxer und die alte Frau haben den Polizisten erzählt, was vorgefallen war. Der Dieb sollte vom Boden aufstehen, aber er hatte Mühe damit. Die Polizisten halfen ihm hoch, und der Dieb schrie auf. Er hatte sich den Arm gebrochen. Er stand unsicher auf den Beinen, zeigte auf den Boxer und wimmerte. Aber der Boxer sagte: ‹Du kannst froh sein, daß ich dir nicht die Birne weggehauen hab!›

Die Sache kam vor Gericht. Der Dieb wurde verurteilt, und der Boxer kam davon, weil er in Notwehr gehandelt hatte.

Ich habe zu dem Boxer gesagt: ‹Ich bewundere Sie.› Er hat geantwortet: ‹Ach, wissen Sie. Ich mach so was gern.›»

17

Ich sagte zu Awa: «Im schönen Monat Mai des Jahres 1945 beschloß Schneider, Lehrer zu werden. Er hatte ja schon immer gerne Leute belehrt. Als Germanist war er in Königsberg gestartet. Da lag nun der Beruf des Deutschlehrers nahe. Als 35jähriger Mann nach diesem Krieg brauchte er allerdings eine Art Legitimation. Eine Mitarbeiterin des ehemaligen Sicherheitsdienstes arbeitete neuerdings bei der englischen Besatzungsbehörde. Es dauerte einige Zeit, aber schließlich besorgte ihm die Frau ein gefälschtes Papier mit echten Stempeln. Das Papier bescheinigte Schneider, der als ‹Schwerte› bezeichnet war, zweierlei: eine Verwundung als Soldat der Wehrmacht, Oberarm-Durchschuß, und daß er im Februar 1946 aus englischer Kriegsgefangenschaft entlassen worden sei.

Die Universität Hamburg hatte den Lehrbetrieb schon Ende 1945 wiederaufgenommen, und Schneider ging 1946 als Gasthörer zu den Germanisten. Aber als Gasthörer hätte er kein Examen ablegen können. Außerdem wollte er als Student nicht ganz von vorn anfangen. Also ließ er sich bescheinigen, daß ein Student namens Hans Schwerte von 1929 bis 1933 in Königsberg studiert hatte.»

«Bescheinigen? Von wem!»

«Vom ehemaligen Kurator der Königsberger Uni. Der lebte 1946 in Göttingen. Schneider sagte ihm die Namen der Königsberger Professoren und die Themen der Seminare auf. Mit dieser Bescheinigung konnte Schneider sich in Hamburg ordentlich immatrikulieren lassen.»

«Ist er nach Hamburg gezogen?»

«Er ist immer von Lübeck nach Hamburg gefahren. Die Anfänger-Seminare konnte er sich sparen. Im Oberseminar von Ulrich Pretzel tat er sich zum ersten Mal hervor mit einem Rilke-Referat: ‹Rilke und die Bedeutung der Wandlung›.»

«Apart.»

«Rilke war schon während der Nazizeit Schneiders Steckenpferd gewesen. In seiner Zeitschrift ‹Weltliteratur› hatte er Rilke ‹jede geschichtliche Bewährung vor seinem Volk› abgesprochen. Das war 1942. In Hamburg 1946 brauchte er Rilke als Gewährsmann für die ‹Wandlung›.»

«Schneider wohnte in Lübeck, studierte in Hamburg, und seine Frau hockte mit der dreijährigen Tochter im Fränkischen und hatte keine Ahnung.»

«Sie wußte nicht, ob ihr Mann noch lebt.»

«Schneider kannte ihren Aufenthaltsort. Warum hat er sich nicht bei ihr gemeldet?»

«Das weiß ich nicht. Aber es geschah etwas. Eine Mitarbeiterin des ehemaligen Sicherheitsdienstes, die Schneider aus Berliner Zeiten kannte, hatte ihn in Lübeck erkannt. Sie schrieb an Schneiders Frau eine Karte: ‹Ich habe in Lübeck einen guten Bekannten getroffen. Sein Name ist Hans Schwerte.›»

«Woher wußte die SD-Frau die Adresse von Schneiders Frau?»

«Wahrscheinlich von Schneider.»

«Schneiders Frau machte sich auf die Reise nach Lübeck. Das war 1946 sehr umständlich. Nach einer Woche kam sie in Lübeck an.»

«Woher kannte sie Schneiders Adresse?»

«Vermutlich von der SD-Frau.»

«Auf einer offenen Postkarte?»

«Egal. Jedenfalls hat Schneiders Frau ihren ‹Hans Schwerte› in Lübeck aufgestöbert und nach Neuendettelsau gelotst. Dort gab er sich als der Cousin von Hans Schneider aus.

In Neuendettelsau sprach es sich herum: Frau Schneider lebt jetzt mit dem Cousin ihres Mannes zusammen.

So ging sie, zusammen mit Schneider, zum Gemeindeamt und legte einen Feldpostbrief vor. In dem Brief stand zu lesen, daß ihr Mann Hans Ernst Schneider tot sei. Gefallen für den Führer.»

«Wer hat den Brief geschrieben?»

«Ein Frontkamerad.»

«Wie heißt der?»

«Keine Ahnung. Der Brief war notariell beglaubigt. Die ‹Deutsche Dienststelle für die Benachrichtigung der nächsten Angehörigen von Gefallenen der ehemaligen deutschen Wehrmacht› nennt den 25. April 1945 als Schneiders Todestag, gefallen in Berlin.»

«Weiß diese Dienststelle nicht, wer Schneiders ‹Tod› bezeugt hat?»

«Diese Auskunft verweigert die ‹Deutsche Dienststelle›. Datenschutz. Nachdem Schneider für tot erklärt worden war, konnte seine Frau ihn wieder heiraten. Aus Frau Schneider geborene Oldenburg wurde ‹in zweiter Ehe› Frau Schwerte. Die Tochter der beiden, geboren 1942, behielt den Namen Schneider. Der neue Schneider namens Schwerte hat sie nicht ‹adoptiert›. Zwei Söhne, die in der ‹zweiten Ehe› geboren wurden, 1947 und 1948, hießen Schwerte. Die Tochter glaubte, ihr Vater sei der Cousin ihres ‹Stiefvaters›.

Später, in den 60er Jahren, als die drei Kinder schon erwachsen waren, hat Schneider ihnen erklärt, was es mit Schwerte und Schneider auf sich hat.»

«Seine Frau und seine drei erwachsenen Kinder waren Schneiders Komplizen.»

«Sie haben dichtgehalten. Etwas anderes konnte man kaum erwarten. Familie eben.

Im Winter 1946 ließ Schneider sich an der Friedrich-Alexander-Universität Erlangen einschreiben. Er wollte doch Deutschlehrer werden.

Den Entnazifizierungs-Fragebogen fälschte er und kam damit durch.

Er besuchte fleißig die Seminare von Helmut Prang, und im Juni 1947 hat Prang ihn als wissenschaftliche Hilfskraft am Deutschen Seminar angestellt. 1948 promovierte er als Hans Schwerte zum Dr. phil.»

«Thema?»

«‹Studien zum Zeitbegriff bei Rainer Maria Rilke›.»

«Wer waren die Gutachter?»

«Hauptgutachter war Heinz Otto Burger, Gutachtender Mitberichterstatter Hans Joachim Schoeps, Berichterstatter Helmut Prang. Prang war Goethe-Fachmann; er galt nach der Entnazifizierung als ‹unbelastet›. Burger hatten die Amerikaner 1945 Lehrverbot erteilt, aber nach einem entlastenden Spruchkammerverfahren kam er Ende 1947 auf den Erlanger Lehrstuhl. Dort war er Schneiders Chef.»

«Warum erst das Lehrverbot?»

«Burger hatte in der Nazizeit so Sachen geschrieben: ‹Die rassischen Kräfte im deutschen Schrifttum›. Der ‹tiefste Instinkt der nordischen Rasse› bestehe darin, sich ‹jauchzend in die Schwerter der Feinde zu stürzen›. 1934. Oder: ‹Die deutsche Sendung im Bekenntnis der Dichter›. Die ‹deutsche Sendung› meinte er so: ‹Durch die nationalsozialistische Revolution und den Krieg hat sich das deutsche Volk nicht allein seine gleichberechtigte Stellung unter den europäischen Völkern wieder erobert, es kann sich viel-

mehr bereits anschicken, den ganzen Erdteil zu erobern.›
Das 1941.»

«Und Hans Joachim Schoeps?»

«Schoeps war aus der schwedischen Emigration zurückgekommen.»

«Wußten Burger und Prang, wer ‹Schwerte› war?»

«Burger vielleicht.»

«Und Schoeps?»

«Kaum.»

«Schneiders ‹Zeitbegriff› anhand von Rilke?»

«Das mußte jetzt natürlich anders klingen als 1942. Damals hatte Schneider von Rilkes ‹Übersteigerungen›, ‹Krankhaftigkeiten› und von dessen ‹Zeitbegrenztheit› gesprochen. 1948 fordert Schneider, Rilkes Sprachrhythmus und Bildlichkeit zu analysieren. Terminologisch klappert aber die Tradition noch nach; Schneider schreibt ‹Aufhellung von Dichtwerk›, und statt von Dialektik redet er von ‹Zwiebewegung›. Mit dem ‹Zeitbegriff› ist der Unterschied zwischen physikalischer und erlebter Zeit gemeint.»

«Große Einsicht.»

«Mit Schneiders maschinenschriftlicher Dissertation hat es etwas Eigenartiges auf sich. Sie besteht nur aus 60 Seiten, wovon allein 29 Seiten die Anmerkungen umfassen. Von den 31 Textseiten stellen 16 Seiten einen unsystematischen Überblick über den ‹Zustand der Rilke-Forschung› dar. Ein Hinweis besagt, daß nur eine Teilabschrift der Dissertation vorgelegt werde; die ganze Arbeit erscheine im Druck. Aber eine Druckfassung findet sich später nicht.»

«Schneiders Promotion in Königsberg war auch schon eigenartig.»

«Schneider verdiente an der Universität Erlangen sein Geld. War der Weg von Neuendettelsau nach Erlangen auch umständlich und das Einkommen niedrig – er hatte sich beruflich wieder etabliert. Bezeichnend oder normal war es, daß er in der ersten Erlanger Zeit seine schwarzen SS-Stiefelhosen auftrug und die Stiefel dazu auch.

Ende 1951 konnte er seiner Familie eine Wohnung in Erlangen bieten, und Neuendettelsau lag hinter ihm.

Schneider wollte als Dr. Schwerte die akademische Leiter hinaufklettern; er wollte sich habilitieren und Professor werden.

1954 war eine größere Wohnung bezahlbar. Schneider arbeitete an der Habilitation ...»

«Thema?»

«‹Faust und das Faustische›. 1957 reichte er die Habilitation ein; 1962 ist sie erschienen. Die Arbeit galt als methodisch wegweisendes Werk. An die Stelle der werkimmanenten Interpretation, die nach 1945 praktiziert wurde, war bei Schneider die Ideologiekritik getreten. Heute sagen manche, Schneider habe sich damals wohlkalkuliert in die Richtung des Zeitgeistes gedreht. Als Habilitierter erhielt er die ersehnte Befugnis, Neuere deutsche Literaturgeschichte zu lehren. Schneider trat als Privatdozent ‹Schwerte› vor die Studenten. Im Wintersemester 1958/59 steht er zum ersten Mal im Vorlesungsverzeichnis, und so geht es mit Vorlesungen und Seminaren bis 1965.

Aber auch sonst war Schneider in Erlangen nicht faul. Er schrieb jede Menge kleine Aufsätze, meistens in dem Blättchen ‹Erlanger Universität›, das dem ‹Erlanger Tageblatt› beigelegt war, und in einer Zeitschrift ‹Zeitwende. Die neue Furche›.»

«Trefflich.»

«Er redete in der Volkshochschule, er diskutierte literarische Neuerscheinungen im Studentenwohnheim, er hielt öffentliche Vorträge, er gab Bücher heraus, zum Beispiel gemeinsam mit seinem SS-Kameraden und Freund Wilhelm Spengler ‹Gestalter unserer Zeit› im Oldenburger Stalling Verlag, in dem Spengler nach 1948 als Lektor gearbeitet hat.»

«Was wollten die Gestalten Schneider und Spengler gestalten?»

«Europa.»

«Das wollten die auch im ‹Germanischen Wissenschaftseinsatz› der SS.»

«Jetzt anders. Nicht mehr mit dem Führungsvolk der Germanen im Mittelpunkt.»

«Sondern?»

«‹Der ganze europäische Kulturraum als größere Heimat.›»

«In Erlangen.»

«In Erlangen kümmerte Schneider sich um die Studentenbühne. Theater hatte ihn schon früher interessiert; 1937 hatte er über ‹Das Theater in der Zeitenwende› geschrieben. Sein Hobby war der ostpreußische Frauentanz, auch der Männertanz aus Ostpreußen.»

«Das ist nicht dein Ernst.»

«Doch. Aber in Erlangen sah es anders aus: Anouilh, Brecht, Beckett. Schneider brachte die theaterwissenschaftliche Abteilung auf Trab. Er gehörte auch zum Planungskomitee der Erlanger ‹Internationalen Theaterwochen›. Das alles hat sich für ihn ausgezahlt. Seit 1958 war er Diätendozent und vertrat die Theaterwissenschaft, seit Dezember 1964 war er außerplanmäßiger Professor und Leiter der Theaterwissenschaftlichen Abteilung.

Es fehlte noch die Berufung zum ordentlichen Professor. Im Sommer 1965 war es endlich soweit. Die Rheinisch-

Westfälische Technische Hochschule in Aachen berief Schneider, der sich Hans Schwerte nannte, als Ordinarius auf den Lehrstuhl für ‹Neuere Deutsche Literaturgeschichte›.»

«Wer waren die Gutachter?»

«Das ist eine verwirrende Geschichte.»

«Wieso.»

«Weil es an der RWTH keine Philosophische Fakultät gab, die einen wachen Sinn für Geschichte gehabt hätte. Die Gutachter waren Paul Böckmann, Friedrich Sengle, Benno von Wiese, Erich Trunz, Fritz Martini und Wolfdietrich Rasch.

Auf die Kandidatenliste kam Hans Ernst Schneider in Erlangen, natürlich unter dem Namen Hans Schwerte, außerdem Friedrich Wilhelm Wodtke in Kiel und Heinz Nicolai in Hamburg.

Für Schneider votierten Böckmann, Martini, von Wiese und Rasch.

Paul Böckmann gab in der ganzen Sache den Ton an. Übrigens hatte er schon 1933 das ‹Bekenntnis der Professoren an den deutschen Universitäten und Hochschulen zu Adolf Hitler und dem nationalsozialistischen Staat› unterschrieben.»

«Welcher Professor hat das nicht unterschrieben.»

«1933 trat er dem Nationalsozialistischen Lehrerbund bei, 1937 wurde er NSDAP-Mitglied. 1946, im Mai, hat das ‹Military Government Office Heidelberg University› Böckmann entlassen. Eine deutsche Spruchkammer entlastete ihn 1948, und 1949 wurde er in Heidelberg wieder Professor.

Fritz Martini war 1933 in Berlin promoviert worden. 1936 hatte Gerhard Fricke, ein Nazi ‹reinsten Blutes›, Martini als Assistenten nach Kiel geholt. In der NSDAP war Martini schon seit Mai 1933, und in der SA war er auch. Er hielt nationalsozialistische Schulungsvorträge in der Ortsgruppe der Partei, in der Volkshochschule, an der Universität und bei der SA. 1940 konnte er sich in Hamburg habilitieren. Sein Habilvortrag trug den Titel ‹Johann Heinrich Voß als niederdeutscher Kämpfer und Dichter›. Von 1940 bis 1942 arbeitete Martini als Dozent in Hamburg, 1943 wurde er an die Technische Hochschule Stuttgart berufen. 1940 war er für kurze Zeit zum ‹Kriegseinsatz› in Flandern, in der Etappe; vielleicht hat er dort Hans Ernst Schneider kennengelernt. Martini hat das Nazisystem viel prononcierter vertreten als Böckmann. Er zeigte sich auch offen als Antisemit.»

«Willst du mir erzählen, daß nazistische Professoren den Nazi Schneider 1965 auf den Aachener Lehrstuhl gehievt haben?»

«Schneider verdankt die Berufung nach Aachen seiner Habilitation über ‹Faust und das Faustische›. Von sechs Gutachtern votierten vier für Schneider, und diese vier standen dem Nationalsozialismus nicht gerade fern. Das will ich dir erzählen. Vielleicht kannten sie Schneider von früher.»

«Nicht nur Martini?»

«Auch Böckmann, von Wiese und Rasch. Von einer Tagung 1944 in Wien, die sich mit einer ‹volkstümlichen Klopstock-Ausgabe› befaßte, weil Himmler an Klopstock interessiert war. Eine Sache für das ‹Ahnenerbe› und für Schneider. An der Klopstock-Tagung hat auch Heinz Otto Burger teilgenommen, Schneiders Betreuer in Erlangen.

Benno von Wiese gehörte zu den Protagonisten einer ‹volksbewußten› Sprach- und Literaturwissenschaft. 1933 veröffentlichte er ‹Dichtung und Volkstum›. Und in dem fünfbändigen Opus ‹Von deutscher Art in Sprache und Dichtung›, das die Beiträger als ‹Bekenntnis zum geistigen Fronteinsatz› verstanden, war von Wiese zuständig für den Themenkreis ‹Bildungsdichtung und ihr Gegenspiel›. Das gesamte Projekt leiteten die dezidierten Nazi-Germanisten Gerhard Fricke und Franz Koch; erschienen sind die fünf Bände 1941. Unter den Mitarbeitern findest du Paul Böckmann, Fritz Martini, Wolfdietrich Rasch.»

«Ida hat gesagt: ‹Nächstens erzähle ich euch etwas über die Nazis im Osten›.»

«Als Schneider, genannt Schwerte, 1965 nach Aachen kam, da galt er in Fachkreisen als linker Liberaler, als hochschulpolitischer Reformer, ja sogar als Kritiker der Nazi-Germanistik.

Schneider und seine Frau fühlten sich in Aachen wohl. Er hielt seine Vorlesungen, veranstaltete seine Seminare, nahm Prüfungen ab, korrigierte Klausuren, und bald sah man in ihm den führenden Aachener Germanisten. Ihm gefiel auch der Kontakt zu den Technikern an der Hochschule.

Erst in Aachen sprach Schneider mit seinen drei Kindern über die eigene Geschichte. Schneider bekannte gelegentlich eines Familientreffens, daß er nicht der Cousin von Hans Schneider sei, sondern Hans Schneider selbst, Vater aller drei Kinder. Die Kinder, die schon erwachsen waren und aus dem Haus, bewahrten Stillschweigen. Sogar feierte man den wahren Geburtstag Schneiders am 15. Dezember fortan gemeinsam. Wie Schneiders Frau zu ihrem Mann hielt, so hielten Schneiders Kinder zu ihrem Vater.

Ein tolles Ding hatte Schneider sich zuvor bei den ‹Nürnberger Gesprächen› geleistet. Sie waren von Hermann Glaser ins Leben gerufen worden und behandelten seit 1965 in Arbeitsgruppen und auf öffentlichen Podien ‹Haltungen und Fehlhaltungen› in Deutschland.

Bei dem ‹Nürnberger Gespräch› 1965 wurde über die Ermordung der Juden durch die Nazis gesprochen. Der ehemalige SS-Hauptsturmführer Schneider leitete eine Arbeitsgruppe, die sich mit der Frage ‹Wie war das möglich?› beschäftigte. Er saß auch auf dem Podium und redete mit. Das Thema: ‹Was hat Auschwitz mit dem ‚Deutschen Menschen' zu tun?› Und auf diesem Podium saß Fritz Bauer.»

«Fritz Bauer ...»

«War 1949 aus dem Exil in die amerikanische Besatzungszone zurückgekehrt. Er wurde der Generalstaatsanwalt des Landes Hessen. Bauer hatte den Frankfurter Auschwitzprozeß ins Rollen gebracht, das größte Mordverfahren in der Geschichte der deutschen Justiz. Am 19. August 1965 waren gerade die Urteile des Frankfurter Schwurgerichts verkündet worden. Übrigens: Fritz Bauer hat neben Simon Wiesenthal auch eine große Rolle bei der Fahndung nach Adolf Eichmann gespielt ...»

«Der Ex-SS-Hauptsturmführer Schneider setzt sich als Professor Schwerte zu Fritz Bauer, dem Ankläger im Auschwitz-Prozeß, aufs Podium.»

«Dazu mußt du wissen, daß Fritz Bauer 1933 bis 1936 im KZ saß; die schwarze Uniform, die Schneider seit April 1937 getragen hat, kannte Bauer an seinen Bewachern.»

«Was hat Bauer vor der Nazizeit gemacht?»

«Er war Richter in seiner Heimatstadt Stuttgart. Jahrgang 1903. Sozialdemokrat.»

«Wie hat er die Nazizeit überlebt?»

«Er konnte 1936 nach Dänemark entkommen; 1943 ging er nach Schweden. Dort gründete er mit Willy Brandt die

Zeitschrift ‹Sozialistische Tribüne›. Sie erschien ab Januar 1945. Anfangs war Bauer ihr Chefredakteur. Schon 1944 hatte er in Stockholm ein Buch veröffentlicht; es erschien 1945 in deutscher Sprache in Zürich: ‹Kriegsverbrecher vor Gericht›. Bauer legte ein allgemein verbindliches Völkerrecht zugrunde. Die Deutschen, so schrieb er 1944, brauchten eine Lektion in geltendem Völkerrecht, weil sie sich mit ihrer speziellen Staatsmoral, daß der Zweck die Mittel heilige, von den zivilisierten Ländern getrennt hätten. Die Prozesse gegen Kriegsverbrecher müßten nach den Prinzipien des demokratischen Rechtsstaates geführt werden. Bauer erklärte sich gegen die Anwendung rückwirkender Gesetze, verlangte aber eine Fortentwicklung des Völkerrechts, um Gesetzeslücken zu schließen. Im Grunde legte Bauer die Grundsätze dar, denen er später, als Generalstaatsanwalt von Hessen, folgte.»

«Schneider müßte auf dem Nürnberger Podium doch Angst vor der Enttarnung gehabt haben.»

«Vielleicht hatte er diese Angst. Aber er wirkte sicher, und er redete davon, daß die Deutschen vor sich selbst ehrlich werden müßten, um wieder identisch mit sich werden zu können. Vielleicht redete er sich ein, daß er ein anderer geworden sei.»

«Gerade deshalb hätte er sich zur eigenen Vergangenheit bekennen müssen.»

«Ich habe den Eindruck, daß er unbedingt auf der richtigen Seite stehen wollte, und das möglichst weit vorn. Seine Auftritte bei den ‹Nürnberger Gesprächen› verschafften ihm den Ruf eines linken ‹Vergangenheitsbewältigers› …»

«Vergangenheitsvergewaltigers …»

«… so daß er sogar gefragt wurde, ob er in die SPD eintreten wolle.»

«Ist er?»

«Nein.»

«Es existierte doch in Ludwigsburg die ‹Zentralstelle zur Verfolgung ...»

«... nationalsozialistischer Gewaltverbrechen›. In Ludwigsburg war man im Zusammenhang mit dem ‹Ahnenerbe› auf einen Hans Ernst Schneider gestoßen, aber der war ja ‹tot›. 1970 wurde in Frankfurt gegen ‹Ahnenerbe›-Mitarbeiter prozessiert, zum Beispiel gegen den Arzt Bruno Beger. Der hatte 1943 in Auschwitz jüdische Häftlinge ausgesucht für die ‹Schädelstudien› des Straßburger Anatomen August Hirt. Die Häftlinge wurden ins KZ Natzweiler geschafft und dort ermordet.

Schneider in Aachen ahnte nichts von den Ermittlungen; er interessierte sich später nicht für den Prozeß.

Schneider war seit 1969 Prorektor und mit der Reform der RWTH beschäftigt. 1970 wurde er zum Rektor gewählt.»

«Im selben Jahr, als in Frankfurt sein ‹Ahnenerbe›-Kamerad Dr. Beger vor Gericht stand.»

«Jetzt war Schneider als Rektor Schwerte nicht mehr nur linksliberaler Ideologiekritiker und Reform-Germanist, jetzt wurde er Wissenschaftspolitiker. Sein wichtigstes Anliegen an der Technischen Hochschule: der Ausgleich unterschiedlicher Gruppeninteressen. Damals war Johannes Rau nordrhein-westfälischer Wissenschaftsminister, zuständig für die RWTH Aachen. Rau hat später den Schneider-Slogan ‹Versöhnen statt spalten› übernommen, in seinen Reden als SPD-Kanzlerkandidat.»

«Schneider blieb Rektor Schwerte bis ...»

«1973. Er war zweimal wiedergewählt worden. Danach, bis zur Emeritierung 1978, arbeitete er wieder bei den Germanisten. Dort förderte Schneider die Gründung des Arbeitsgebietes ‹Deutsch-jüdische Literaturgeschichte›.

Zum Abschied von der Hochschule gab es für Schneider eine Festschrift ‹Literatur und Theater im Wilhelminischen Zeitalter›. Johannes Rau, Wissenschaftsminister, steuerte ein Geleitwort bei.»

«Rau hatte keine Ahnung, wer sich hinter dem Namen ‹Schwerte› versteckte.»

«Das weiß ich nicht. Aber Schneider muß sich an seine Arbeit als SS-‹Ahnenerbe›-Mitarbeiter in Holland und Belgien erinnert haben, als er Raus Geleitwort zu Gesicht bekam.»

«Und zwar?»

«Rau schrieb, Schneider – Rau nannte ihn natürlich ‹Schwerte› – habe ‹die ‚Brückenfunktion' der Aachener Hochschule zu nutzen gewußt. Als Beauftragter des Ministers für Wissenschaft und Forschung und als Vorsitzender der Arbeitsgruppe Hochschule in der Euregio Maas-Rhein hat er die Beziehungen der Hochschulen dieses Landes zu denen in Belgien und in den Niederlanden intensiviert und neue Grundlagen für freundschaftliche, anregende und kontinuierliche Zusammenarbeit geschaffen.›»

«Was heißt das.»

«Schneider hatte sich schon als Rektor darum gekümmert, und später betrieb er dieses Geschäft noch bis 1981. Im Auftrag von Rau und Schnoor.»

«Innenminister von Nordrhein-Westfalen.»

«Und mit Schneider befreundet. 1982 ging Schneider von Aachen weg; er zog mit seiner Frau nach Aschau in Oberbayern. Von dort ist es nicht weit bis Salzburg, wo Schneider sich ab 1985 als Honorarprofessor betätigt hat.»

«Sang- und klanglos in Bayern.»

«Nein. Ein Jahr nach dem Umzug ins Bayerische hat Johannes Rau, inzwischen Ministerpräsident von NRW, Schneider das Bundesverdienstkreuz Erster Klasse an die Schwerte-Brust geheftet. Und 1990 wurde Schneider als Altrektor Schwerte zum Ehrensenator der Aachener Hochschule gekürt.»

«Hochgeschätzt und tief verehrt.»

«Bis April 1995. Da reisten die niederländischen Fernsehreporter Steven de Vogel und Ton van Dijk nach Aschau. Sie hatten herausgefunden, wer 50 Jahre lang hinter dem Namen ‹Hans Schwerte› verborgen gewesen war. Die wahre Identität dieses Mannes wollten sie am 29. April 1995 in dem niederländischen Fernsehmagazin ‹Brandpunt› bekanntmachen. Aber sie gedachten, Schneider vorher mit ihrer Erkenntnis zu konfrontieren. Schneider wies sie ab.

Steven de Vogel und Ton van Dijk interviewten am 26. April den Rektor der RWTH und kündigten ihm die bevorstehende Enttarnung an.

Der Rektor informierte sofort das Wissenschaftsministerium in Düsseldorf. Aus dem Ministerium riet man dem Aachener Rektor, Schneider davon zu unterrichten, daß seine Enttarnung bevorstehe. Schneider gab zu, daß er Schneider sei, und teilte mit, er habe einen Brief an den Kanzler der RWTH abgeschickt, der seine Geschichte darstelle.

Als Schneiders Selbstanzeige in Aachen vorlag, reiste der Rektor nach Düsseldorf und besprach sich mit den wichtigen Leuten im Wissenschaftsministerium.

Am 27. April, zwei Tage vor der niederländischen Fernsehsendung, gab die Pressestelle der RWTH eine Erklärung heraus: ‹Personalsache Hans Schwerte›: ‹Er war nach eigenen Angaben während des NS-Regimes zuletzt als SS-

Hauptsturmführer im Amt ‚Ahnenerbe' tätig und vom Herbst 1940 bis 1942 in den Niederlanden der Dienststelle des Höheren SS- und Polizeiführers unterstellt. Danach war er nach Berlin zurückbeordert worden. Seine Tätigkeit bezog sich seiner Aussage zufolge ausnahmslos auf ‚volkskundliche' Bereiche, von der Prähistorie bis in die damalige Gegenwart, wozu auch Verlagsgründung, Zeitschrift, Film sowie Forschergruppen gehörten ... Hans Schwerte wurde nach Promotion (1948) und Habilitation (1958) in Erlangen am 19. August 1965 auf den Lehrstuhl für Neuere Deutsche Literaturgeschichte an der RWTH Aachen berufen. Von 1970 bis 1973 war Schwerte Rektor der Hochschule. Am 1. Januar 1974 übernahm er das Amt des Landesbeauftragten für die Pflege und Förderung der Beziehungen zwischen den Hochschulen von Nordrhein-Westfalen, Belgien und den Niederlanden, das er über seine Emeritierung hinaus bis 1981 innehatte. Schwerte hat für seine zahlreichen Ehrungen Verzicht angekündigt ...›»

«Müßte es nicht heißen: ‹Schwerte hat angekündigt, auf seine zahlreichen Ehrungen zu verzichten›?»

«Sicher. Aber es geht weiter: ‹Der inzwischen 85jährige Altrektor und Ehrensenator der RWTH galt als renommierter Literaturwissenschaftler und Faust-Experte, der Pionierarbeit bei der Einführung der Datenverarbeitung in die philologische Forschung leistete. Er lebt seit 1982 in Süddeutschland.›»

«Sonst nichts?»

«Doch. Die Hochschule sei ‹zutiefst bestürzt über diese grobe Täuschung und den massiven Vertrauensbruch›.»

«Also vollständig überrascht.»

«Nein. ‹Das Gerücht über eine falsche Namensführung Schwertes war 1994 der Hochschulleitung bekannt geworden und mit allen der RWTH zur Verfügung stehenden Mitteln überprüft worden ... Dabei fanden sich keinerlei Bestätigungen für diese Gerüchte.›»

«Die haben schon früher Wind davon bekommen? Wer wußte denn in Aachen etwas?»

«Das ist ein undurchdringliches Gewirre. Das lasse ich Gewirre sein.»

«Hatte die Enttarnung persönliche Folgen für Schneider?»

«Die Ernennung zum Professor wurde rückgängig gemacht.»

«Und?»

«Der Beamtenstatus und die Pension wurden ihm aberkannt.»

«Das Bundesverdienstkreuz?»

«Entzogen. Aberkannt wurde ihm schließlich der Titel eines Ehrensenators der RWTH.»

«Die politischen Freunde in der Landesregierung?»

«Betroffen und empört. Man beteuerte, von der wahren Identität ‹Schwertes› nichts gewußt zu haben.»

«Hätte es nicht ein juristisches Nachspiel geben müssen? Schneider war beteiligt gewesen bei der Beschaffung von medizinischen Geräten für die Versuche an Häftlingen im KZ Dachau. Und er hatte Personalien und Urkunden gefälscht.»

«Es wurde ermittelt. Aber für eine Anklageerhebung wegen Beihilfe zum Mord und wegen Urkundenfälschung reichte es nicht. Man hat die Ermittlungen eingestellt.

An der Universität Erlangen wurde geprüft, ob Schneider seinen Doktortitel von 1948 verlieren soll. Die Uni hat ihm den Titel schließlich gelassen.»

«Aus Professor Schwerte wurde Doktor Schwerte.»

«Noch anders. Schneider mußte sich wieder Schneider nennen. ‹Schwerte› war nur mehr als ‹Künstlername› zugelassen.»

18

Was hätte ich nach 40 Jahren Meteorologie tun können.

Vorm Haus sitzen. Bis jemand vorbeikommt und sagt: «Schön! In der Sonne sitzen und denken.» Und ich antworten müßte: «Nein. Nur sitzen.»

Ich hätte Aufsätzchen schreiben können für Fachzeitschriften. Isoliert vom Institut, ohne Hilfsmittel.

Oder ich hätte Stadtspaziergänger werden können. Ich gehe allerdings ungern in den Zoo. Es fehlt mir das Interesse für das Verhalten von Tieren, solange ich das Verhalten von Menschen kaum erklären kann. Außerdem stößt mich der Geruch von Tieren ab. Woher rührt das allgemeine Interesse für Tiere? Vielleicht sollte ich Zoologen befragen, was man von Tieren lernen kann.

Ich fahre gern mit der U-Bahn. Es ist die Begegnung mit Menschen unterschiedlichster Art. Oft sehe ich eine Frau, die nur noch aus Haut und Knochen zu bestehen scheint. Gegen die Gefahr von Knochenbrüchen trägt sie Knie- und Ellbogenschützer. Mit greller Stimme bietet sie Zettel zum Kauf an, auf die sie irgend etwas geschrieben hat. Weil niemand die Zettel haben möchte, beschimpft sie die Fahrgäste lautstark. Diese Frau ist so häßlich, daß ich den Blick abwende, aber ihre Häßlichkeit ist so faszinierend, daß ich sie ansehe.

Ich bemerke in der U-Bahn, daß viele Nationen in der Stadt vertreten sind. Einmal, nach einem Fußballspiel, stiegen fünf junge Männer ein. Ihre Sprache konnte ich nicht verstehen, aber sie brüllten rhythmisch den Namen einer Fußballmannschaft, den ich kannte, und sie klatschten rhythmisch in die Hände. Eine ältere Frau sagte: «Können Sie nicht bißchen leiser sein?» Einer der jungen Männer schrie die Frau an: «Paßt dir nicht? Mußt du aussteigen!» Die Frau stieg an der nächsten Haltestelle aus; ich auch.

Ich fahre auch gern mit der S-Bahn. Fast jedesmal muß ich mich darüber ärgern, daß die Fensterscheiben von innen zerkratzt sind, manchmal so stark, daß ich nicht durchs Fenster blicken kann.

Awa ist für Stadtspaziergänge nicht zu haben. Schon gar nicht nachts. Er ist nach Mitternacht auf offener Straße überfallen worden. Ein junger Kerl sprang ihn von hinten an und legte den linken Arm um Awas Kehle. Ein anderer Kerl stand plötzlich vor ihm und zielte mit einer Pistole auf Awas Bauch. Awa sagt: «Ich habe laut ‹Was soll das!› gerufen und habe versucht, den Mann abzuschütteln. Aber der Mann hat mich angezischt: ‹Leise!›» Im selben Moment nahm Awa wahr, daß ihm dieser Kerl mit der Rechten ein Messer in die Seite hielt und «Deine Geld!» sagte. Da habe er gesagt: «O. K. Ich gebe euch, was ich habe.» Der Mann hat den Griff um Awas Hals gelockert und hat zugelassen, daß Awa seine Geldbörse aus der Hosentasche zog. Awa öffnete die Geldbörse, nahm alles Papiergeld heraus und hielt es hin. Der Mann in Awas Rücken griff nach dem Geld, ließ Awa los, und die beiden Kerle liefen im Sprinttempo um die nächste Ecke.

Awa hat bei der Polizei das Aussehen und die Sprechweise der Straßenräuber beschrieben. Der Polizist sagte: «Südosteuropa.»

Bei Tage will Awa auch keinen Stadtspaziergang unternehmen. Er sagt: «Die Stadt ist das größte Hundescheißhaus Deutschlands.»

Am liebsten fahre ich mit dem Doppelstockbus. Ich setze mich auf dem Oberdeck in die erste Sitzreihe und brauche nicht zu bedauern, daß ich mein Auto verkauft habe.

Manchmal erschrecke ich mich, weil Zweige von Straßenbäumen gegen die Scheibe schlagen. Natürlich fahre ich mit dem Bus nicht mehr schnell; aber wozu Schnelligkeit. Das Ziellose bleibt; ich weiß vorher nie, wo ich aussteigen werde.

Beliebt bei Pensionären sind Konzertabonnements. Ich hätte alle Konzerte der besten Orchester besuchen können. Immer auf meinem Abonnement-Stammplatz sitzen. Vergleiche zwischen den Dirigenten anstellen. Interpretationen loben oder ablehnen. Ob aber Awa Lust auf Abonnements gehabt hätte? Ida wäre bestimmt nicht dazu zu bewegen gewesen; sie hat einfach zuwenig Zeit.

Nicht besser hätte es bei Theaterabonnements ausgesehen. Abgesehen von unserer Abneigung gegen Regisseur-Shows.

Trotz der vielen Museen in der Stadt – irgendwann wäre man damit durch und hätte nur noch die aktuellen Ausstellungen zu besichtigen; aber nicht jede Ausstellung interessiert einen.

An einen Garten habe ich auch gedacht. Garten mit Gartenhaus. Im Herbst Laub harken. Im Frühjahr Blumen pflanzen. Im Sommer Rasen mähen. Was aber, wenn Ischias den Hobbygärtner krümmt. Immerhin bliebe eine Gartenparty, womöglich mit Kindern und Enkeln – wenn man Kinder und Enkel hätte.

Auch Sport wäre etwas. Nicht Gymnastik in der Wohnung, sondern Sport in einem Senioren-Sportclub. Man könnte sich einer Jogging-Gruppe anschließen, deren Trainer versichert, er laufe pro Woche mindestens 35 Kilometer. Warum? Weil er gesund sterben wolle.

Awa («Endlich kann ich tun, was ich schon immer wollte!») wußte gar nicht, was er hätte wollen sollen.

Immer schon hatte uns Geschichte interessiert. Wir kamen auf die Idee, «Fälle» zu sammeln. Aber nicht irgendwelche. Awa hatte seinen Cicero parat und las mir einen Satz vor: «Wenn wir für das gehalten werden wollen, *was* wir sind, kommt alles darauf an, daß wir uns tatsächlich auch so geben, *wie* wir sind ...» Wir brauchten nur zweimal das Wörtchen «nicht» einzufügen; schon hatten wir die Richtung gefunden, in der wir sammeln wollten: «Wenn wir *nicht* für das gehalten werden wollen, *was* wir sind, kommt alles darauf an, daß wir uns *nicht* so geben, *wie* wir sind ...»

Wir hätten auch etwas anderes sammeln können. Da wären unsere Interessen allerdings auseinandergegangen.

Ich frage mich jetzt, ob das nicht besser gewesen wäre. Ich hätte in Antiquariaten gestöbert. Mich interessieren Reisebeschreibungen, Atlanten, Globen. Wenigstens in Gedanken Reisen unternehmen, die nie mehr unternommen werden. Schon Idas wegen nicht. Sie hätte keine Zeit. Awa hätte keine Lust.

Als Jugendlicher habe ich vor dem Globus gesessen und Erdteile ausgesucht, die ich bereisen wollte. Zuerst war es Südamerika. Verborgene Indianerstämme am Amazonas entdecken. Später kam Australien an die Reihe. Rechts unten. Ich hatte die Entfernung ausgemessen. Wollte mit dem Schiff nach Sydney. Zuletzt war ich Afrikaforscher. Bin der Mutter auf die Nerven gegangen mit meinem Geburtstagswunsch: einen Tropenhelm.

Heute zieht es mich in Gegenden, wo sich die Leute tatsächlich so geben, wie sie sind. Wo es keine «Fälle» gibt. Illusion? Dann also in Gegenden, wo es keine Leute gibt.

19

Awa sagte: «Schneider in Erlangen, Schneider in Aachen. Wer wußte wirklich, daß hinter dem Namen ‹Hans Schwerte› Hans Ernst Schneider steckte?»

«Das müssen Leute gewesen sein, die Schneider als Schneider und Schneider als ‹Schwerte› von Angesicht zu Angesicht gesehen hatten. Schneider soll nach seiner Enttarnung gesagt haben, in Erlangen hätte er einmal das Gefühl gehabt, von einer früheren Königsberger Universitätsbibliothekarin wiedererkannt worden zu sein.»

«Folge?»

«Na, sie hat den Mund gehalten.

Lange bevor Schneider im März 1945 zum Sicherheitsdienst der SS wechselte, hatte er schon für das Amt III Inland des Sicherheitsdienstes gespitzelt und zensuriert. Zum Beispiel als Chef der Zeitschrift ‹Weltliteratur›.

Er hatte nicht nur dienstlich mit dem ‹germanistischen Dreigestirn› in der Gruppe C Kultur von Amt III zu tun: Dr. Wilhelm Spengler, Dr. Hans Rößner und Walter von Kielpinski; diese drei waren auch seine besten SS-Freunde. Mit ihnen schmiedete er Europa-Pläne; noch für die Nazizeit und schon für die Zeit danach.

Spengler war im Sicherheitsdienst – Amt III Leiter der Gruppe C Kultur; Rößner leitete das Referat C3 Volkskultur und Kunst; von Kielpinski war Spenglers Stellvertreter, und außerdem leitete er das Referat C5 Presse, Schrifttum, Rundfunk.

Kielpinski ‹kämpfte› gegen den Katholizismus in Literatur und Wissenschaft. Darin waren Schneider und von Kielpinski sich nahe. Daß die Germanisten im SD-Amt III nicht nur am Schreibtisch tätig waren, siehst du an Kielpinski; er gehörte im Herbst 1939 zum Stab der SS-Einsatzgruppe IV in Polen und ‹wirkte› danach beim Kommandeur der Sicherheitspolizei und des Sicherheitsdienstes in Warschau. Was aus Kielpinski geworden ist, weiß man nicht so genau. Vielleicht ist er 1945 in Berlin geblieben, und die Russen haben ihn geschnappt.

Aber was aus den anderen, aus Spengler und Rößner, geworden ist, das weiß man. Sie kannten Schneider von Angesicht zu Angesicht.»

«Woher kam dieser Spengler.»

«Er hatte in Leipzig bei Professor Karl Justus Obenauer Germanistik studiert. Anfang 1932 machte er Staatsexamen, und Mitte 1932 promovierte er über das Drama Schillers. Anschließend unterrichtete er am Carola-Gymnasium in Leipzig. Schon ab November 1933 arbeitete Spengler ehrenamtlich für den Sicherheitsdienst der SS, ab März 1934 hauptberuflich. Das Politische als Beruf. Er hatte die Idee, für den Sicherheitsdienst alle deutschsprachigen Veröffentlichungen zu überprüfen. Daraus entstand in Leipzig die ‹Arbeitsstelle für Schrifttumsbearbeitung beim Sicherheitsamt des Reichsführers SS›, und Spengler avancierte zum Leiter der ‹Schrifttumsstelle›. Eine zentrale Zensurbehörde. Im Frühjahr 1936 war Spenglers Arbeit so wichtig geworden, daß seine ‹Schrifttumsstelle› nach Berlin verlegt und in das SS-Hauptamt eingegliedert wurde. Und bei der Bildung des Reichssicherheitshauptamtes war Spengler quasi der natürliche Chef der Gruppe C Kultur im Sicherheitsdienst – Amt III. Die Gruppe C Kultur darfst du dir aber nicht als bloßen Lesezirkel vorstellen. Diese Leute lieferten der politischen Polizei das Wissen für die exekutive Arbeit. Sie beeinflußten auch Verlage, mischten sich an Universitäten ein, zum Beispiel bei der Berufung von Professoren, und redeten mit bei der Verteilung von Forschungsgeldern.

Genau wie sein Stellvertreter Kielpinski bewährte sich auch Spengler ‹praktisch›. Im März 1942 war er im Nordabschnitt der Ostfront eingesetzt und ‹zeichnete sich bei der Bekämpfung von Partisanengruppen wiederholt besonders aus›. Dafür wurde er fürs Kriegsverdienstkreuz 2. Klasse vorgeschlagen. Und im Mai 1942 gehörte er zur Einsatzgruppe D auf der Krim. Führer der Einsatzgruppe D war Otto Ohlendorf, der Chef von Amt III des Reichssicherheitshauptamtes, also Spenglers unmittelbarer Vorgesetzter in Berlin. Ohlendorf mußte sich in Nürnberg für die Ermordung von 90 000 Juden, Zigeunern und anderen verantworten.»

«Worauf willst du hinaus.»

«Auf Spenglers Zeit nach dem Krieg. Er wurde interniert und 1948 problemlos entnazifiziert. Sein Auskommen fand er im Oldenburger Stalling Verlag, wo er sogar bis zum Cheflektor aufstieg. Beim Stalling Verlag kam nach dem Krieg auch Dr. Hans Rößner unter.»

«Hast du Fotos von diesen Kerlen gesehen?»

«Ja. Kaltblütige Gesichter. Intelligent, selbstsicher, aggressiv. Willst du sie sehen?»

«Nein.»

«Rößner, Jahrgang 1910, drei Jahre jünger als Spengler, hat auch in Leipzig studiert. Germanistik und Geschichte. Genau wie Spengler Germanistik bei Professor Karl Justus Obenauer. Dieser Obenauer hat die deutsche Literatur unterteilt in ‹artvergessen› und ‹volkhaft›. Er war seit 1933 NSDAP-Mitglied, und seit 1934 unterhielt er gute Beziehungen zum Sicherheitsdienst der SS.»

«Und sein Student Rößner?»

«Gehörte ab Mai 1934 zur SS und arbeitete für den Sicherheitsdienst, nämlich in Spenglers Leipziger ‹Arbeitsstelle für die Schrifttumsbearbeitung›.

Professor Obenauer ging 1935 nach Bonn, als ordentlicher Professor der Literaturgeschichte, und Rößner folgte ihm. Zwar war Rößner noch nicht promoviert; das kam erst 1938. Aber Professor Obenauer stellte Rößner als Assistenten ein. Den hauptamtlichen Job beim Sicherheitsdienst gab Rößner 1936 erst einmal auf. Professor Obenauer lobte Rößner in einem Brief an das ‹Reichsministerium für Wissenschaft, Erziehung und Volksbildung›: Er gehöre ‹zu unserem förderungswürdigsten Nachwuchs, wie wir ihn für die Zukunft unserer Hochschulen unbedingt erhalten müssen, besonders da seine alte Dienststelle in Berlin SS-Hauptamt ihn jederzeit wieder hauptamtlich einstellen würde, wenn er nicht durch eine bescheidene Förderung unserer Hochschule erhalten wird.›

Der SS-Mann Rößner strebte eine Universitätskarriere in der Germanistik an.

Inzwischen war Professor Obenauer an der Bonner Universität zum Dekan der Philosophischen Fakultät aufgestiegen. Und von dieser Philosophischen Fakultät hatte Thomas Mann 1919 seinen ersten Ehrendoktortitel verliehen bekommen.

Am 2. Dezember 1936 entzogen die Nazis Thomas Mann die deutsche Staatsangehörigkeit. Sogleich machten sich Professor Obenauer als Dekan und sein Assistent, der SS-Mann Rößner, daran, Thomas Mann die Ehrendoktorwürde abzuerkennen.»

«Gelehrtes Gelichter.»

«Per Einschreiben schickte Professor Obenauer die Mitteilung vom 19. Dezember 1936 nach Küsnacht: ‹Im Einverständnis mit dem Herrn Rektor der Universität Bonn muß ich Ihnen mitteilen, daß die Philosophische Fakultät sich nach Ihrer Ausbürgerung genötigt gesehen hat, Sie aus der Liste der Ehrendoktoren zu streichen. Ihr Recht, diesen Titel zu führen, ist gemäß § VIII unserer Promotionsordnung erloschen. Obenauer. Dekan.›

In seiner Antwort auf den ‹Wisch des Dekans› schrieb Thomas Mann an Obenauer: ‹Zu meiner staatsrechtlichen ‚Ausbürgerung' habe ich, trotz mancher Anfrage, geschwiegen; die akademische darf ich als schickliche Gelegenheit betrachten zu einem knappen persönlichen Bekenntnis – wobei Sie, Herr Dekan, den ich nicht einmal dem Namen nach kenne, sich nur als den Zufallsadressaten dieser Ihnen kaum zugedachten Äußerung betrachten wollen.›

Thomas Mann bekannte sich zu ‹Freiheit, Recht, Wohlstand und Menschenanstand›. Er schrieb: ‹Wozu Vereinsamung, Weltfeindschaft, Rechtlosigkeit, geistige Entmündigung, Kulturnacht und jeglicher Mangel? Warum nicht lieber Deutschlands Rückkehr nach Europa ...?›

Thomas Mann brach in seinem Brief vollständig mit dem nazistischen Deutschland. Der Brief erschien am 24. Januar 1937 in der ‹Neuen Zürcher Zeitung› und als Broschüre im Oprecht Verlag Zürich unter dem Titel ‹Ein Briefwechsel›.»

«Ich kenne Thomas Manns Brief.»

«Bis Ende Februar 1937 waren 20000 Exemplare der Broschüre verkauft. Sicher wurden viele Exemplare nach Deutschland geschmuggelt.»

«Kein Ruhmesblatt für die Bonner Universität.»

«Der damalige Rektor Schmidt und der Dekan Obenauer haben sich nach dem Krieg auf eine Art Befehlsnotstand herausgeredet.»

«Sie hätten ja auch zurücktreten können, wenn ihnen die Sache nicht genehm gewesen wäre. Ihren Kopf hätte sie das schon nicht gekostet, höchstens die Karriere.»

«Rößner widmete sich seiner Dissertation über Stefan George, mit der er 1938 promoviert wurde. Dem George-Kreis warf er ‹geistige Verjudung› vor. Eine ‹völkische Literaturwissenschaft› müsse die ‹rassenseelische Instinktlosigkeit des Kreises› bekämpfen.»

«Ein stinkender Antisemit.»

«Nicht nur das. Rößner schrieb 1938 eine ‹Denkschrift› für den Sicherheitsdienst der SS über die ‹Lage und Aufgabe der Germanistik›. Darin denunzierte er 50 Germanisten als ‹Gegner› und teilte sie in Juden, Freimaurer, Katholiken ein. 18 Wissenschaftlern bescheinigte er eine ‹positive Gesamthaltung› und bezeichnete sie als ‹einwandfrei oder zumindest als besonders einsatzbereit›. Dazu gehörte natürlich sein Gönner Professor Karl Justus Obenauer.»

«Was sollte dieser Germanisten-Mist.»

«Die Germanistik sollte nicht kontemplativ sein, sondern politisch tätig werden. Der ‹kulturpolitische Einsatz› war gemeint. Die kämpferische Germanistik.»

«Der ‹kulturpolitische Einsatz› reichte also so weit, daß Spengler sich am ‹Osteinsatz› der SS-Einsatzgruppen beteiligte.»

«So ist es. Rößner war wohl nicht dabei. Mitte April 1945 setzte er sich mit Ohlendorf und den anderen nach Schleswig-Holstein ab, nicht ohne Zyankali-Kapsel. Aber die Flucht klappte.

In Flensburg ging Ohlendorf zu Dönitz und trug ihm die Dienste seiner Resttruppe aus dem Amt III als ‹neuen› Nachrichtendienst an, darunter Dr. Hans Rößner.

Dönitz, Hitlers Nachfolger als Reichspräsident und

Oberbefehlshaber, stellte nach dem 1. Mai eine ‹Geschäftsführende Reichsregierung› zusammen unter dem bisherigen Reichsfinanzminister Schwerin von Krosigk. Ohlendorf bekam das Wirtschaftsressort unter dem Minister Speer. Und tatsächlich landeten die übriggebliebenen Leute aus Ohlendorfs Amt III in dem neuen Nachrichtenbüro, das am 13. Mai installiert wurde. Der Leiter hieß von Davidson. Allerdings, schon 10 Tage später, am 23. Mai, verhafteten Soldaten einer britischen Panzerbrigade das neue Staatsoberhaupt und diese letzte Naziregierung in Mürwik bei Flensburg.

Andere sagen: Schon vorher, am 22. Mai, sei Dönitz mit Jodl und diversen Offizieren auf das US-Schiff ‹Patria› befohlen worden. Die ‹Patria› lag im Flensburger Hafen und beherbergte die Interalliierte Kontrollmission. Der amerikanische General Rooks habe Dönitz, Jodl et cetera verhaften lassen.»

«Egal.»

«Jedenfalls, die ganze Bande, Staatsoberhaupt, Regierung inclusive Personal, Nachrichtenbüro, Mannschaften, ging in Gefangenschaft, unter ihnen Dr. Hans Rößner.»

«Wieso aber erst Ende Mai? Die Deutschen hatten am 8. Mai kapituliert.»

«Die Engländer hatten der ‹Amtierenden Reichsregierung› und den Resten des Oberkommandos nach der Kapitulation eine Enklave in Mürwik gelassen.»

«Absurd.»

«Churchill sah in dieser ‹Schattenregierung› angeblich ein ‹nützliches Instrument›. Die Amerikaner aber waren besorgt und die Russen mißtrauisch.»

«Wie erging es Rößner?»

«Er blieb bis 1948 interniert. Am 19. August 1948 verurteilte ihn ein Spruchgericht in Bergedorf zu 2000,– DM Geldstrafe.»

«Begründung?»

«Weil er Mitglied der SS und des Sicherheitsdienstes war.»

«Hat er die zwo Mille bezahlt?»

«Die Geldstrafe konnte abgesessen werden. Durch die Internierung galt die Strafe als verbüßt. Rößner war ein freier Mann.»

«Und nun?»

«Rößner kam im Oldenburger Stalling Verlag unter, wie sein alter SS-Chef Spengler. Er fing klein an, als Volontär. Aber bald stieg er zum Lektor auf. Als Lektor hat er eine Europa-Buchreihe gemanagt, die von den alten Parteigenossen Wilhelm Spengler und Hans Schneider herausgegeben wurde. Rößner wußte, wer ein gewisser Schwerte in Erlangen war, und Spengler wußte das auch.»

«Eine Krähe ...»

«Von den SS-Germanisten fehlte nur Kielpinski. Der war verschollen.»

«Die Europa-Buchreihe ...»

«Hieß ‹Gestalter unserer Zeit›; 1954 erschien ‹Denker und Deuter im heutigen Europa› und 1955 ‹Forscher und Wissenschaftler im heutigen Europa›.

«Europa 1954/1955.»

«Das war jetzt kein ‹germanisch bestimmtes› Europa mehr, sondern ein übernationales. Spengler und Schneider wußten, was die Stunde geschlagen hatte. In der Einleitung zu dem Band ‹Denker und Deuter› schreiben sie: ‹Für das künftige Schicksal der europäischen Völker und seiner Menschen wird es entscheidend sein, ob Europa ein Konglomerat mehr oder weniger widerstreitender Nationalstaaten bleibt oder ob es zu einem Organismus höherer Einheit zusammenwächst …›

Vom Stalling Verlag ging Rößner zum Insel Verlag, auch als Lektor, und im März 1958 stieg er auf zum Verlags-Chef …»

«Im Insel Verlag?»

«Im Piper Verlag München.»

«Du liebe Zeit …»

«Klaus Piper soll nur von der NSDAP-Mitgliedschaft Rößners gewußt haben. Andere sagen, Piper habe auch Rößners SS-Vergangenheit gekannt.»

«Ausgerechnet der Piper Verlag …»

«Wo 1967 unter Rößners Ägide Mitscherlichs ‹Die Unfähigkeit zu trauern› erschienen ist. Aber der ‹Höhepunkt› kam erst noch.»

«Ich ahne es.»

«Der Ex-SS-Obersturmbannführer und alte Antisemit Dr. Hans Rößner betreut zusammen mit Klaus Piper die Arbeiten der jüdischen Emigrantin Hannah Arendt.»

«Es ist schwer zu fassen.»

«Rößner hat Hannah Arendt bewundert. Er wollte ihre Sympathie gewinnen. Er schrieb ihr verehrungsvolle Briefe. Zum Beispiel 1964: ‹Es ist für uns alle tröstlich und ermutigend, daß Sie da sind …›.»

«Als er noch Referent im Reichsicherheitshauptamt war, hätten die RSHA-Leute Hannah Arendt nach Auschwitz verfrachtet …»

«Wäre sie damals in Deutschland geblieben.»

«Rößner muß doch Eichmann persönlich gekannt haben.»

«Vermutlich sind sie einander im Reichssicherheitshauptamt begegnet. Eichmann saß im Amt IV, Rößner im

Amt III. Und ausgerechnet Rößner, zusammen mit Piper, ist im Verlag zuständig für Arendts Buch ‹Eichmann in Jerusalem. Ein Bericht von der Banalität des Bösen›, das 1964 erschienen ist.»

«Rößner hätte das ja Piper überlassen können.»

«Offenbar hat er nicht nur seine Vergangenheit ignoriert; er wollte auch nicht wahrhaben, daß Hannah Arendt Jüdin ist. Im Dezember 1975 ist Hannah Arendt in New York gestorben. Im Januar 1976 hatte Rößner zu entscheiden, ob das Buch ‹Eichmann in Jerusalem› nachgedruckt werden sollte. Seine Entscheidung: ‹Kein Nachdruck.›»

«Aber dabei ist es nicht geblieben.»

«Klaus Piper hat sich für den Nachdruck entschieden.»

«Rößner und Spengler, die beiden Schneider-Freunde, haben es nach dem Krieg ohne Namensänderung geschafft.»

«Aber Schneiders Aufstieg als ‹Hans Schwerte› führte höher hinauf. Rößner ist im Piper Verlag geblieben. 1999 ist er in München gestorben.»

«Spengler, Rößner. Es muß ’ne Menge Leute gegeben haben, die wußten, wer da nach dem Krieg als ‹Hans Schwerte› auftrat.»

«Einer, der es auch ganz genau wußte, war Hans Schwalm. SS-Hauptsturmführer, Geographie-Professor. Mitarbeiter im SS-‹Ahnenerbe›. Schneider reiste mit Schwalm im Dezember 1939 nach Riga. Schwalm agierte auch in Estland, ‹zur Sicherung und Aufnahme der Kulturgüter, Archivalien und Kirchenbücher›. Seit Herbst 1942 repräsentierte Schwalm das ‹Ahnenerbe› in Norwegen, als Verbindungsmann Schneiders. Großgermanien im germanischen Norden verbreiten. Schneider hat Schwalm öfter in Oslo besucht. Dienstlich. Sie waren Freunde.»

«Geographie-Professor. Welcher Jahrgang war Schwalm?»

«1900. Studiert hatte er in Berlin und Heidelberg. Promotion 1923. NSDAP 1933. Außerordentlicher Professor wurde er 1941 an der neugegründeten ‹Reichsuniversität Posen›.

1945 in Lübeck sind Schneider und Schwalm einander zufällig begegnet; Schwalm hatte es auch nach Schleswig-Holstein verschlagen. Schneider hat später gesagt: ‹Ihn informierte ich über meinen Namenswechsel. Er stutzte kurz, kapierte aber sofort und sagte: In Ordnung, Schwerte.›»

«Was hat Schwalm nach dem Krieg getrieben?»

«Zuerst hat er für die Akademie für Raumforschung in Niedersachsen und für das Bundesinstitut für Raumforschung in Bonn gearbeitet, dann brachte er es zu einer außerordentlichen Professur für die Geographie Osteuropas in Tübingen. Dort wurde er emeritiert. Öfter verbrachten Schneider und Schwalm gemeinsam Ferien in Südtirol. Die beiden blieben enge Freunde, bis zu Schwalms Tod.»

«Ich frage mich, wie Schneider darauf kam, sich ‹Schwerte› zu nennen.»

«Schneider ist der Mann, der schneidet, mit der Schere, dem Messer, mit der Sichel, mit dem Stichel. Aber der Mann mit dem Schwert, das ist der Mann, der kämpft. Schneider als ein Kämpfer ernennt sich zur germanischen Hiebwaffe.

Schneiders Sympathie für das Schwert reicht weit zurück. 1936 veröffentlichte er eine Erzählung, die mit einem Gedicht anhebt auf Deutschland, die ‹Reine›. Die ‹Erfüllungsgehilfen› des Versailler Vertrages sind für Schneider die Beflecker der deutschen Reinheit. Das klingt bei ihm so: ‹… beflecken die Frechen dein Schwert, höhnend im knechtischen Dienst die Demut stählerner Schärfe.›»

«Ekelhaft.»

«Für Schneider war es reine Poesie. Er verstand sich als Kämpfer ‹preußisch-deutschen Staatsbewußteins› gegen das Slawische. Im März 1941, drei Monate vor dem deutschen Angriff auf die Sowjetunion, hat er es wieder mit dem Schwert: ‹Wer im Osten Schwert und Burg vergißt, versinkt im Gestaltlosen.›»

«Burg?»

«Gemeint ist die Marienburg bei Danzig. Deutscher Ritterorden. Der deutsche Ordensritter Schneider, bewaffnet mit dem Wort Schwert, sinniert: ‹Den einen zieht es, früh kraftlos geworden, in die ‚unendlichen' Wälder, darin seiner Seele zwischen quälendem Gottesanruf und Fleischeslust lebend, der andere bleibt Schwertträger und bleibt wach vor Traum und Trug und ist der Herr, wo immer er steht.›»

«Und wo stand der Herr Schneider im März 1941?»

«Er saß am Schreibtisch der SS im ‹Besatzungsgebiet Holland›, in Den Haag.

Nachdem die deutsche Wehrmacht gegen die Sowjetunion losgeschlagen hatte, mußte Schneider wieder dichten: ‹Verloren schien in hellen Wolkenhängen Maß und Tat, und Schwertweg wuchs statt breiten Ackerschnitts ...›

Der Schreibtisch-Krieger Schneider war auch scharf auf Kriegsschmuck. 1944 hat er bei seinem ‹Ahnenerbe›-Chef Sievers vorgefühlt, ob nicht er ‹gleich anderen zur Waffen-SS übernommenen Kameraden nachträglich die Schwerter zum Kriegsverdienstkreuz verliehen bekommen könnte›.»

«Wahrscheinlich hätte er am liebsten von Anfang an ‹Schwerte› geheißen.»

20

Ida sagte: «Habt ihr überhaupt noch etwas anderes im Kopf als eure sogenannten Fälle? Für ein Konzert, für ein Gedicht, für ein Bild scheint ihr unempfänglich geworden zu sein. Gottseidank tut ihr wenigstens nicht auch noch so, als interessierte euch das Ästhetische. Sonst müßte eine Anordnung erlassen werden, die euch von Konzert- und Museumsbesuchen ausschließt, vielleicht sogar aus Buchhandlungen.»

«Warum denn das!»

«Weil zu befürchten wäre, daß ihr bei den schönsten Melodien, vor den schönsten Bildern unentwegt über eure Fälle plappert.»

«Also weißt du ...»

«Jedenfalls sollten euch Kirchen verschlossen bleiben ...»

«Ida, jetzt bist du ungerecht.»

«Ich werfe euch eure Einseitigkeit vor, und ihr unterstellt mir, ich sei unvernünftig. Es fehlt nur noch, daß ihr mich für verschlagen haltet ...»

«Um Gottes willen ...»

«Ihr könntet meinen, ich wollte nur euren Sammeleifer bremsen.»

«Neinnein.»

«Es gibt noch etwas anderes auf der Welt als diesen Schneider.»

«Sag das zu Awa.»

Awa sagt: «Na hör mal! Wer redet die ganze Zeit? Ich höre ja nur noch zu.»

«Du lauerst schon darauf, deinen neuesten Fall vorzubringen.»

«Möglich.»

Ich sagte: «Mir vergeht allmählich die Lust. Ich ginge am liebsten wieder in die Meteorologie.»

Ida sagte: «Ihr starrt nur auf den Westen.»

«Das stimmt nicht», sagte Awa. «Die roten Kapos von Buchenwald ...»

«Zugegeben. Aber ich sage euch etwas über einen Nazi, der im Osten nach dem Krieg bis ins Staatssekretariat für Hochschulwesen aufstieg. Und das unter seinem eigenen Namen.»

Ich wunderte mich über Ida, sagte aber nichts. Hatte sie ihre Reserviertheit gegen unsere Beschäftigung mit «Fällen» aufgegeben? Warum. Wollte sie bloß «Fälle» aus dem Osten ins Spiel bringen? Oder mochte sie sich nicht mehr ausgeschlossen fühlen. Beteiligte sie sich jetzt meinetwegen oder wegen Awa. Jedenfalls mußte sie stillschweigend recherchiert haben.

Ida sagte: «Der Mann, den ich meine, war Indogermanist. Mit 37 Jahren, das war 1926, wurde er auf den Lehrstuhl für indogermanische Sprachwissenschaft an der Leipziger Uni berufen. 1945 ließ er sich ‹aus gesundheitlichen Gründen› entpflichten.

Als die Amerikaner im Juli 1945 aus Leipzig abgezogen und die Russen nachgerückt waren, nahm der Mann Kontakt zur russischen Besatzungsbehörde auf. Übrigens, er sprach fließend Russisch. 1948 startete er den ersten Versuch, wieder an die Leipziger Uni berufen zu werden. Zwei Jahre später beantragte er sogar offiziell die Rückkehr auf den Leipziger Lehrstuhl.

Aber die Philosophische Fakultät lehnte im Februar 1951 ab. Der Dekan hatte sich zwei Stellungnahmen aus der Bundesrepublik kommen lassen, die eine von Hans-Georg Gadamer und die andere von Bernhard Schweitzer.

Gadamer war nach dem Krieg selber Dekan der Philosophischen Fakultät in Leipzig gewesen, außerdem Vorsitzender einer Fakultätskommission, die über die Nazi-Verwicklung von Professoren urteilen sollte. Schweitzer, ein Archäologe, war nach dem Krieg der erste Rektor der Leipziger Uni; er lehrte später in Tübingen.

Gadamer schrieb im Januar 1951 an den Leipziger Prodekan Erkes: ‹Während der Nazizeit wagte niemand im Beisein von Herrn Junker politisch oppositionelle Reden zu führen, weil man ihm nicht traute. Das unterschied ihn selbst von öffentlichen Amtsträgern der Partei, z.B. den letzten Nazi-Rektoren oder Dozentenbundsführern …›

Schweitzer hatte zwei Tage vorher an Erkes geschrieben: ‹Der schwierigste Fall› sei Heinrich Junker gewesen, ‹über dessen Untragbarkeit kein Zweifel bestand.›»

«Was hatte dieser Junker in Leipzig getrieben.»

«Er war Führer der NS-Dozentenschaft, und er gehörte zu einem Arbeitskreis des Sicherheitsdienstes. Natürlich Mitglied der Nazipartei, seit Mai 1933. Junker galt als SD-Spitzel. Er denunzierte sogar eigene Studenten; das geht aus Leipziger Polizeiakten hervor. An der Sächsischen Akademie der Wissenschaften betätigte er sich besonders fleißig. Es lag ihm am Herzen, die jüdischen Mitglieder aus der Akademie ausstoßen zu lassen. Und er verfolgte seine Absicht, den Sekretär der Akademie, Professor Theodor Frings, zum Rücktritt zu treiben. 1948 wurde Frings zum Präsidenten der Akademie gewählt.»

«Und Junker?»

«Kam nicht mehr an die Leipziger Uni zurück. Er machte sein Nachkriegsglück in Ostberlin. Dort schätzte man Junkers Nutzen für den ‹Neuaufbau› höher ein.»

«Was konnte ein Indogermanist schon nützen.»

«Die Russen interessierten sich sehr für die Iranistik. Junker sollte wichtig sein für die ‹deutsch-sowjetische wissenschaftliche Zusammenarbeit›. Im Juni 1951 war er der neue Lehrstuhlinhaber für Iranische Sprachen an der Humboldt-Universität. Und weil der Korea-Krieg vom Zaun gebrochen war, sollte Junker eine koreanistische Lehrabteilung aufbauen.»

«Du sprachst vom Ostberliner Hochschulministerium.»

«Staatssekretariat. Junker stieg in den Wissenschaftlichen Beirat für Orientalistik auf. Und er wurde mit dikken Ost-Orden behängt: ‹Verdienstmedaille der DDR›, ‹Hervorragender Wissenschaftler des Volkes›.»

Awa sagte: «Von Adenauer soll der Satz stammen: ‹Schmutziges Wasser gießt man nicht fort, solange man kein frisches hat.›»

«Diese alte Küchenweisheit haben die ostdeutschen Kommunisten auch beherzigt. Fragt sich nur», sagte Ida, «welche Farbe das *frische* Wasser hatte. Dem Hervorragenden Wissenschaftler des Volkes Heinrich Junker wurde zum Beispiel bescheinigt, daß er ‹junge Nachwuchskräfte herangebildet hat, die bereit und fähig sind, sein Werk im Geiste der neuen sozialistischen Hochschulordnung weiterzuführen›.»

«Junker mußte sich keinen anderen Namen zulegen.»

«Andere mußten das auch nicht. Junker ist nur ein kleines Beispiel. Ohne Nazis wäre die Ostzone kaum auf die Beine gekommen. Da mußt du aber nicht auf Geisteswissenschaftler schauen, sondern auf Naturwissenschaftler und Techniker. Und auf Offiziere.»

«Dabei haben die ostdeutschen Köche ewig so getan, als hätte es schmutziges Wasser nur in der westdeutschen Küche gegeben.»

Ida sagte: «Spaßeshalber könnte ich noch mehr Nazis aufzählen, die nach dem Krieg in Ostdeutschland an vorderster Front tüchtig waren.»

«Ob sie in unsere Sammlung passen?» fragte Awa.

Ida sagte: «Ohne weiteres. Sie mußten keine anderen Namen benutzen. Die Kommunisten haben ihnen dazu verholfen, wie frisches Wasser zu glänzen. Weil sie die Nazis brauchten.

Den Chemiker Peter Adolf Thiessen zum Beispiel. Der ging schon 1926 in die Nazipartei. Von 1935 bis Kriegsende war er Direktor am Kaiser-Wilhelm-Institut für physikalische Chemie. Im Reichsforschungsrat leitete er die Fachsparte Chemie. 1939 zum Mitglied der Akademie der Wissenschaften gewählt. 1946 aus der Akademie ausgeschlossen. Aber bis 1956 arbeitete er am sowjetischen Atomprogramm; dafür kriegte er den Lenin-Orden, und anschließend war er wieder Akademie-Mitglied. In der Akademie Institutsdirektor, an der Humboldt-Uni Professor. Einen Forschungsrat gab es auch in Ostberlin. Thiessen wurde der Vorsitzende des Forschungsrates. Ab 1965 der Ehrenvorsitzende. Er war sogar drei Jahre lang im Staatsrat, unter der Obhut von Walter Ulbricht.

Oder auch mal einen Altphilologen. Werner Hartke hieß der. 1937 in der Nazipartei. Im Krieg Hauptmann der Abwehr. 1946 in der Kommunistischen Partei, ab 1948 in der SED. Nach dem Krieg zuerst Dekan in Rostock, dann Institutsdirektor, Dekan, Rektor an der Humboldt-Uni in Berlin. 1955 Akademiemitglied, Institutsdirektor an der Akademie. Schließlich, Höhepunkt, Akademie-Präsident von 1958 bis 1968, anschließend Vizepräsident. Spitzel des Staatssicherheitsdienstes.»

«In der ‹Abwehr› kannte er sich ja aus.»

«Oder noch einen Chemiker. Hermann Klare. In der Nazipartei seit 1937. Nach dem Krieg in der Sowjetunion, im Chemiefaserwerk Klin. Ab 1951 Chef im Kunstfaserwerk Schwarza. Seit 1953 erst Vizedirektor, dann Direktor des Akademie-Instituts für Faserstofforschung. Professor an der Humboldt-Uni Berlin. Unter Werner Hartke fünf Jahre Vizepräsident der Akademie. Als Hartkes Nachfolger Akademie-Präsident bis 1979, danach wieder Vizepräsident.

Oder Mediziner. Zum Beispiel Jussuf Ibrahim.»

«Woher kam der?»

«Sein Vater war Ägypter, die Mutter Deutsche. Seit 1917 Chef der Uni-Kinderklinik in Jena. Nach 1945 Ehrendoktor: ‹Der Retter der Säuglinge, Berater der Mütter und Wohltäter der Menschheit›.»

«Ja und?»

«Der ‹Verdiente Arzt des Volkes› hatte während der Nazizeit in seiner Klinik gelegentlich die ‹Euthanasie› geistig behinderter Kinder ‹beantragt.› Solche Kinder wurden in der Anstalt Stadtroda ermordet.»

«Kommt noch mehr?»

«Juristen. Ernst Melsheimer. Generalstaatsanwalt der DDR von 1949 bis zu seinem Tod 1960. Ein klassischer Verfechter der kommunistischen Klassenjustiz: ‹In der richterlichen Entscheidung muß sich die Bereitschaft widerspiegeln, die von der Partei der Arbeiterklasse und die von der Regierung gefaßten Beschlüsse durchzusetzen.›»

«Gesinnungsjustiz.»

«Sein höchstes Amt in der Nazizeit: Kammergerichtsrat beim Kammergericht Berlin. Seit 1937 in der Nazipartei. Befreundet mit Roland Freisler. Kurz vor Kriegsende sollte Melsheimer zum Richter am Reichsgericht befördert werden. Daraus wurde nichts mehr. Im Juni 1945 geht er in die KPD und wird 1948 automatisch SED-Mitglied.»

«Ida, was noch?»

«Journalisten. Günter Kertzscher. Nach dem Krieg KPD und SED. 1949 bis 1955 Chefredakteur der ‹Berliner Zeitung› in Ostberlin, anschließend stellvertretender Chefredakteur des SED-Parteiblattes ‹Neues Deutschland›. Ein Hüter des dreifachen Genitivs: ‹Der Schutz der Früchte der Arbeit des Volkes.› 1968 besingt er den Einmarsch des Warschauer Paktes in die Tschechoslowakei; Schluß mit Prager Frühling. Mitglied der Nazipartei seit 1937. Seine Frau Inge Kertzscher, zehn Jahre jünger, mit 17 in der Nazipartei, später in der SED, Chefreporterin der Ostberliner Frauenzeitung ‹Für Dich›.»

«Was fehlt?»

«Staatsfunktionäre.»

«Wo anfangen, wo aufhören.»

«Und Offiziere. Ohne Wehrmachtsoffiziere hätte es im Osten keinen Aufbau der ‹Kasernierten Volkspolizei› und der ‹Nationalen Volksarmee› gegeben. Zum Beispiel Vincenz Müller, Jahrgang 1894. Seit 1941 an der ‹Ostfront›. 1942 Generalmajor. Am 1. März 1943 Generalleutnant. Ritterkreuzträger. Ab 4. Juni 1944 Führer des XII. Armeekorps. Am 8. Juli 1944 in sowjetischer Kriegsgefangenschaft; Entlassung am 13. September 1948. Geht in die Ostzone. Wird im September 1953 der erste ‹Chef des Stabes› der ‹Kasernierten Volkspolizei›, neuerlich im Rang eines Generalleutnants.

Undsoweiterundsofort. Gut zwei Dutzend Generale der ‹Kasernierten Volkspolizei› und der ‹Nationalen Volksarmee› waren Generale und Offiziere der Wehrmacht; zehn davon schon damals als Generalmajor, Generalleutnant, Generalarzt.

Am bekanntesten waren natürlich die ‹schreibenden Offiziere› Generalleutnant Vincenz Müller, Generalleutnant: ‹Ich fand das wahre Vaterland›; Oberst Wilhelm Adam, Generalmajor: ‹Der schwere Entschluß›; aber auch die ‹beschriebenen›: Generalmajor Otto Korfes, Generalmajor: ‹Weimar – Stalingrad – Berlin›; Generalmajor Arno von Lenski, Generalmajor: ‹In letzter Stunde›.

Ziemlich bekannt war Hans Rudolf Gestewitz, Unterarzt der Wehrmacht, Generalleutnant der ‹Nationalen Volksarmee› und Leiter des Zentralen Armeelazaretts in Bad Saarow am Scharmützelsee.

Schluß damit! Denn eigentlich will ich euch die Geschichte von Dschidschi erzählen.»

«Immer war Dschidschi der Kleine. Als er 1948 zur Welt kam, krabbelte seine Schwester schon anderthalb Jahre lang auf der Erde herum.

In den Garten des Elternhauses kamen die großen Jungs, die Proleten aus den Mietshäusern auf der gegenüberliegenden Straßenseite. Dschidschi ging noch gar nicht zur Schule. Die großen Jungs spielten mit Dschidschi Räuber und Gendarm, und weil Dschidschi der Gendarm sein mußte, wurden die Räuber böse und wickelten den Gendarm in Stacheldraht ein. Es half ihm nur seine durchdringende Stimme. Die Tochter des Nachbarn, die ein Herz hatte, hörte Dschidschis Geschrei, kam herbeigerannt und wickelte Dschidschi wieder aus.

Wo war da die große Schwester? Vielleicht in der Schule. Wo waren da Mutti und Vati? Wahrscheinlich arbeiten. Vielleicht war nur das Dienstmädchen zu Hause, und das konnte nicht bei jedem Lärm in den Garten laufen.

Dschidschi freute sich darauf, in die Schule zu kommen. Als er endlich Abc-Schütze geworden war, mußte er erkennen, daß er wieder der Kleine war, sogar der Kleinste der ganzen Klasse.

Dschidschis Vati war Kommunist, Dschidschis Mutti war Kommunistin, und Dschidschi bewunderte Vati und Mutti. Aber in der Schulklasse gab es Kinder, die waren Proleten, und mit Kommunismus konnten die nichts anfangen.

Vati war zwar auch klein, aber er war ein großer Mann. Er tröstete Dschidschi, und von Vati lernte Dschidschi Dialektik: ‹Im Prinzip nein, im Einzelfall ja. Oder umgekehrt.›

Jetzt konnte Dschidschi sich vieles erklären.

Das Wichtigste, was er in den ersten Schuljahren lernte, brachte er sich selbst bei: ‹Wenn du der Kleinste bist, mußt du das größte Maul haben.› Damit kam er durch; sogar staunten die Größeren über ihn. Einmal zeigte einer auf Dschidschi und sagte: ‹Der quatscht sich einfach nach oben.›

Schon in der ersten Klasse sehnte Dschidschi sich danach, Schauspieler zu werden. Er träumte vom Beifall. Sein Glück wollte es, daß er ausgewählt wurde, in diversen Filmen Knabenstimmen zu synchronisieren. Las er dann auf der Kinoleinwand seinen Namen als Synchronsprecher, fühlte er sich für einen Moment mehrere Zentimeter größer.

Schauspieler! Man brauchte nicht darüber nachzudenken, was zu sagen wäre. Man hätte nur zu bedenken, wie es gesagt werden muß. Auf der Bühne stehen! Über den Zuschauern. Eine Rolle spielen. Dschidschi, der Kleinste von allen, wäre der Größte.

Vati war Dschidschis Vorbild. ‹1945, gleich nach dem Krieg, als die sowjetischen Freunde noch in ganz Berlin zu bestimmen hatten, war ich Bürgermeister in Zehlendorf!› sagte Vati. ‹Aber als die Amerikaner kamen, mußten wir in den sowjetischen Sektor ziehen.›

‹Als du geboren wurdest, war Vati Chefredakteur!› sagte Mutti.

‹Und du?› fragte Dschidschi.

Mutti sagte: ‹Ich habe zuerst in der Verwaltung gearbeitet, dann in zwei Verlagen.›

Vati hieß Klaus, aber im allerengsten Kreis hörte er auf den Namen ‹Kurt›. Vati trug sogar einen Titel vor seinem Namen: ‹GI›. Wie die einfachen amerikanischen Soldaten: ‹Government Issue›. Bei Vati bedeutete es ‹Geheimer Informator›. Und damit war er schließlich auch ‹Staatseigentum›, bloß eben kein amerikanisches. Außerdem durfte niemand wissen, daß Vati ‹GI› war. Das erfuhr vielleicht nur Mutti. Dschidschi wußte es bestimmt nicht. Dschidschi hörte erst viel später davon. Daß Vati insgeheim ‹Kurt› hieß, das wußten zuerst nur die Offiziere, die seine Führung übernommen hatten. Sie dienten der Sicherheit des Staates, und für sie hatte Vati am 7. Juni 1957 aufgeschrieben: ‹Hiermit verpflichte ich mich, Sie über alle Vorgänge auf meinem Arbeitsgebiet zu unterrichten, die meines Erachtens für Ihre staatliche Arbeit von Bedeutung sind. (Kurt).›

Damals leitete Dschidschis Vati eine Abteilung in einem volkspädagogischen Verlag. Vatis geheime Offiziere haben notiert, Vati habe den Zweitnamen ‹Kurt› selbst gewählt. Wie mag er wohl auf diesen Namen gekommen sein.

‹Kurt› war schon immer gerne in Cafés gegangen. Jetzt mußte er allerdings noch öfter gehen. Zum Beispiel in die Konditorei Wallstraße. Dort traf er seinen führenden Offizier und unterrichtete ihn über alle Vorgänge auf seinem Arbeitsgebiet. Oder die beiden trafen sich in der Post am Alexanderplatz. Oder am liebsten in einer geheimen Wohnung.

Vatis geheimer Offizier lobte Vati: ‹Kurt ist offen, ehrlich und hilfsbereit.›

Dschidschi war zehn, da ließen Vati und Mutti sich scheiden. Vati war kurz vorher befördert worden; er leitete jetzt den größten Verlag für die sogenannte Schöne Literatur. Der hieß genauso wie die Zeitschrift, die er früher geleitet hatte.

Dschidschi konnte damals nicht wissen, warum Vati aufgestiegen war. Er wußte nur: Vati ist ein kluger Mann.

Daß der vorhergehende ernste Leiter des größten Schönen Verlages und sein frecher Cheflektor hinter Gitter gekommen waren, im Frühling 1957, das hatte Dschidschi vielleicht mitbekommen. Aber was war da passiert! Später lernte Dschidschi das. Die Sache hing mit dem toten georgischen Schnauzbart und dem sächsischen Spitzbart zusammen. Genosse Spitzbart hatte den Genossen Schnauzbart gemocht wie einen Bruder. Der frühere Leiter des Schönsten Verlages und sein Cheflektor aber wollten vom Genossen Schnauzbart und vom Genossen Spitzbart nichts mehr wissen. Das kam Spitzbart dank der geheimen Offiziere zu Ohren, und das gefiel ihm gar nicht.

Vati dagegen hielt unerschütterlich zum Genossen Spitzbart.

Vatis führende Offiziere waren sehr zufrieden mit Vatis Berichten. Nur als Verlagsleiter ließ er etwas zu wünschen übrig: ‹Die große Schwäche des Genossen ist die Umsetzung der Theorie in die Praxis. Er hat zum Beispiel die meisten Neuerscheinungen des Verlages nicht gelesen, und wenn, dann erst nach ihrem Erscheinen. Wir haben ihn immer wieder aufgefordert, Bücher zu lesen und mit uns zu diskutieren. Bislang ohne Erfolg.›

Vati wird sich gedacht haben: Dafür ist doch der neue Cheflektor da.

Vatis Offizier notierte wohlwollend Vatis ‹Bedürfnis, sich mittels eines gewissen Witzes und Charmes in den Mittelpunkt zu stellen›.

Dieses Bedürfnis verspürte Dschidschi auch.

In der Schule, während der Pausen, stand Dschidschi im Mittelpunkt. Genauso bei den Versammlungen und Gruppenabenden der Staatsjugend. Dschidschi konnte nicht anders. Dschidschi war zwanghaft unterhaltsam.

Auch äußerlich ähnelte Dschidschi seinem Vati. Vati war klein, korpulent und litt an Haarausfall. Das verhalf ihm zu dem Eindruck einer hohen Stirn.

Frauen gefielen Vati sehr, und Vati gefiel den Frauen. Allerdings, ‹im allgemeinen nimmt er sich in bezug auf Frauen sehr zusammen, zumindest solange die Gefahr besteht, daß es an die Öffentlichkeit gelangt›. Das berichtete ein anderer Berichterstatter den Offizieren Vatis.

Dschidschi gefiel den Frauen auch. Besonders angejahrte Damen der besseren Gesellschaft fanden Dschidschi ‹süß›. Vielleicht weckte er ihre großmütterlichen Instinkte.

Während der Oberschulzeit mußte Dschidschi nebenbei einen Beruf erlernen. Oder umgekehrt: Neben einer Berufsausbildung mußte er das Abitur schaffen. Viele Ausbildungsberufe gab es nicht. So lernte Dschidschi Rinderzüchter mit Abitur.

In dieser Zeit trieb es ihn, ein Kommunist zu sein. Schließlich waren Vati und Mutti auch Kommunisten. Ein halbes Jährchen nach seinem 18. Geburtstag fragte er bei den Kommunisten an. Diese Leute nannten sich etwas mißverständlich Einheitssozialisten. Sie hatten nichts gegen Dschidschi. Dschidschi wurde ein Partei-Kandidat.

Vati war unterdessen nicht mehr Verlagsleiter. Vati war jetzt Kulturminister.

Dschidschi hatte anfangs nicht recht gewußt, was er studieren sollte. So studierte er zuallererst Ökonomie. Aber das behagte ihm überhaupt nicht. Mit Wirtschaft wollte er nichts zu tun haben.

Verlockend erschien ihm nun eine Laufbahn als Diplomat. Botschafter in verschiedenen Ländern! Residenzen bewohnen. Mit wichtigen Ausländern plaudern. Öffentlich hervortreten. Eine Rolle spielen!

Wie sollte Dschidschi Diplomat werden? Da mußte man studieren. Nämlich in Moskau.

An einen solchen Studienplatz kam nicht jeder Dahergelaufene heran. Kommunist mußte man sein, Parteigenosse. Kommunist war Dschidschi schon irgendwie, aber Parteigenosse noch nicht.

Einen guten Schulabschluß mußte man hingelegt haben, Russisch mußte man können. Einen brauchbaren Schulabschluß hatte Dschidschi, aber gut Russisch konnte er nicht.

Kommunisten, die Parteigenossen waren, ein gutes Abitur geschafft und prima Russisch gelernt hatten, gab es viele.

Dschidschi, der noch kein Parteigenosse war und eben nicht prima Russisch gelernt hatte, kriegte trotzdem einen Studienplatz. Denn Dschidschi war nicht irgendeiner von vielen. Dschidschis Vati war Kulturminister.

Natürlich ging es jetzt nicht einfach ab nach Moskau. Jetzt ging es erst einmal zu einem Informationsgespräch im Außenministerium. Der Botschafter in spe mußte aufgeklärt werden.

‹Russisch?› fragte Dschidschi.

‹Tja, in Moskau ist das Unterrichtssprache. Also als erstes: Intensivkurs Russisch.›

‹Und? In Moskau dann?›

‹Wie es sich für kommunistische Diplomaten gehört: Englisch und Französisch.›

‹In der Unterrichtssprache Russisch?›

‹Ja, natürlich. Und die Amtssprache des Landes, in das du entsandt werden könntest. Zum Beispiel Suaheli.›

‹Suaheli?›

‹Na ja, zum Beispiel in Kenia.›

Dschidschi trollte sich nach Hause und kapitulierte. Vati mußte Bescheid geben: Dschidschi will nicht mehr Diplomat werden.

Mit Wirtschaft war's nix, mit Botschafter auch nicht.

Da traf es sich, daß Dschidschi der Mami einer ehemaligen Mitschülerin über den Weg lief. Die Frau sagte: ‹Studier doch Jura. Mein Mann sagt immer, Jura wär auch ein Studium für Doofe.›

Die Frau mußte es wissen, denn ihr Mann war in Ostberlin ein besonderer Anwalt.

Jetzt wollte Dschidschi Anwalt werden. Auftritte im Gerichtssaal. Plädoyers halten. Eine Rolle wie auf der Bühne. Oder wie im Film. James Stewart.»

Ich sagte: «Im Osten gab es keine unabhängigen Anwälte!»

«Stimmt», sagte Ida. «Zu Dschidschis Zeit längst nicht mehr. Die waren ab 1953 kollektiviert worden. In ‹Anwaltskollegien›; so hieß das. Nur wer in ein solches ‹Kollegium› kam, wurde als Anwalt zugelassen. Abgesehen von zwei Dutzend Einzelanwälten, die meistens eine politische Sonderrolle spielten. Zum Beispiel ein Anwalt, der als Verkäufer von Häftlingen erfahren war. Oder ein Anwalt, der als geheimer Mitarbeiter des Staatsicherheitsdienstes Oppositionelle vertrat.

Einen rechtlichen Anspruch auf Zulassung als Anwalt gab es nicht. Wer Anwalt werden wollte, der brauchte die Erlaubnis der Partei, und des Staatssicherheitsdienstes, und des zuständigen Bezirksgerichts, und der Staatsanwaltschaft. Gesteuert hat die Zugänge das Justizministerium. Im ganzen Osten gab es 600 Anwälte. Die meisten waren in der kommunistischen Partei.

Dschidschi kam im ersten Studienjahr aus dem Parteikandidaten-Dasein heraus. Die Kommunisten nahmen ihn auf. Mit 19 war Dschidschi Vollwert-Parteigenosse.

Lange mußte Dschidschi nicht studieren. Nach vier Jahren verließ er die Uni als patentierter Rechtswissenschaftler des Ostens.

Wie jetzt weiter? Mit 22 Jährchen? Ein Anwalt muß einen Doktortitel auf seine Visitenkarte drucken lassen können. Also einen Doktorvater suchen und ein beiläufiger Aspirant werden.

Vor allem aber: An einem Gericht assistieren. Dann: Plangemäße Ausbildung bei einem ‹Anwaltskollegium›. Alles kein Problem. Erst recht nicht die Erlaubnis von Partei und Staatssicherheitsdienst.

Dschidschi war keine 24, da hatte der Osten seinen jüngsten Anwalt. Und Dschidschi wußte, was er zu denken hatte: ‹Das subjektive Recht ist das rechtliche Sollen in der Form des Dürfens.›»

Ich fragte: «Mußte Dschidschi nicht dienen?»

«Er fand einen Arzt, der ihm bescheinigte, etwas am Herzen zu haben.

Dschidschis Einnahmen als frischgebackener Anwalt waren gar nicht übel. Nur die Abrechnung fand Dschidschi ziemlich umständlich. Er mußte seine Einnahmen monatlich an das ‹Anwaltskollegium› abliefern. Dort kriegte er ein Monatsgehalt, das von Dschidschis Umsatz abhing. Am Jahresende rechnete das ‹Kollegium› den Gesamtgewinn aller ‹Kollegen› aus, und Dschidschi kassierte einen Anteil.

Reichlich ein halbes Jahr vor Dschidschis Zulassung als Anwalt mußte der Sächsische Spitzbart die Macht im Staate an das Saarländer Strohhütchen abgeben. Für Dschidschis Vati, der Spitzbart immer die Treue gehalten hatte, kam einiges bald anders. Strohhütchen gefiel es nicht besonders, daß Vati den Kulturminister gab. Zwei Jährchen durfte Vati noch bleiben. Dann schubste Strohhütchen ihn vom Sessel. Vati mußte für fünf Jahre Botschafter in Rom sein. Das war zwar nicht schlecht, aber Minister war mehr gewesen.

Für Dschidschi bedeutete Vatis Stationierung in Rom nichts, denn Dschidschi durfte Vati nie besuchen. Dschidschi wäre bestimmt aus Rom zurückgekommen; schließlich hätte er eine Geisel zu Hause gelassen, an der er sehr hing: das war sein Sohn, für den er nach der Scheidung das Sorgerecht zugesprochen bekommen hatte. Außerdem: Vati hätte Dschidschi im Zweifelsfall bestimmt zurückgejagt, denn für Vati hing sein Botschafterposten dran.

Nein, Dschidschi mochte das Strohhütchen-Regiment; auf die Idee, sich in Rom abzusetzen, wäre er nie gekommen. Was hätte er in Rom auch tun können? Rechtsanwalt sein? Als Zögling der Rechtswissenschaften im Osten? Italienisch war auch Fehlanzeige.

1979, an einem schönen Junimontag, den Dschidschi nicht vergißt, rief der berühmte Professor bei ihm an. Der berühmte Professor fragte Dschidschi, ob er in das Landhaus des Professors kommen könne.

Ja, natürlich könne er. Übermorgen werde er kommen.

Der Professor, dessen Namen jeder kannte! Der von den Nazis zum Tode verurteilt worden war. Der im selben Naziknast wie Strohhütchen gesessen hatte. Der Professor, den die Russen aus dem Knast geholt hatten, und der Kommunist geworden war. Der Professor, der den Kommunismus ernst nahm. Der in den 60er Jahren diese sagenhaften Vorlesungen gehalten hatte. Der den Stalinismus dialektisch loswerden, aber den Kommunismus undogmatisch behalten wollte. Der aufsässige, knallharte Professor, der erst Spitzbart, dann Strohhütchen bis aufs Blut gereizt hatte mit seinen Begriffen von Freiheit und Opposition im Kommunismus. Der Professor, der einen schöneren Kommunismus wollte, einen Kommunismus ‹mit menschlichem Antlitz›, was die Führer besonders erboste. Verkörperten sie etwa einen Kommunismus mit einer Fratze? Der Professor, der einfach nicht das Maul hielt. Und deshalb aus der kommunistischen Partei geflogen war, und aus der Universität, und aus der Akademie, und nichts mehr veröffentlichen durfte. Der schließlich in seinem Landhaus 2½ Jahre unter Arrest gesessen hatte mit Frau und Kind. Und trotzdem nicht in den Westen wollte. Dieser Mann wünschte mit Dschidschi zu sprechen.»

«Hatte der Professor keinen eigenen Anwalt?»

«Doch. Einen alten Parteimann, der den Kommunismus auch ernst nahm. Justitiar im Hauptquartier der Kommunisten. Der war wegen des Professors rausgeflogen und hatte seine Anwaltszulassung verloren. Obwohl das ‹Kollegium› gar nicht gefragt worden war. Er war damals schon über vierzig Jahre lang in der Partei gewesen. In der Partei durfte er bleiben, weil Strohhütchen Gnade walten ließ, Parteignade.

Wie versprochen, machte Dschidschi sich am Mittwoch auf den Weg zum Landhaus des Professors. Der Hausarrest war gerade erst sechs Wochen zuvor aufgehoben worden.

9:58 Uhr betrat Dschidschi das Haus. Der Professor ‹hat die Vollmacht unterzeichnet und war mit› Dschidschis ‹Vertretung im Berufungsverfahren einverstanden›.

Awa sagte: «Welches Berufungsverfahren.»

«Der Hausarrest hatte den Professor nicht kleingekriegt. Er sprach in seinem abgeriegelten Haus ein ganzes Buchmanuskript auf Band, ließ die Tonbänder irgendwie in den Westen schmuggeln, seine Stimme erklang im Westradio, und das Buch erschien. ‹Rückblicke und Perspektiven aus der Isolation›, hieß es im Untertitel. Strohhütchen war wütend. Der Staatssicherheitsdienst und die Staatsanwaltschaft schickten ihre Leute in das Haus, diese Kerle durchwühlten stundenlang Kisten und Kasten und beschlagnahmten Schreibmaschine, Manuskripte, Bücher, Briefe.

Der Professor sollte im Westen nichts mehr veröffentlichen. Er wurde angeklagt wegen Zoll- und Devisenvergehens. So hieß das dort, damals. Das Urteil stand vor dem Prozeß fest. Der Professor mußte sich selbst verteidigen, weil sein Wahlverteidiger nicht zugelassen worden war. Der Professor wurde zu einer hohen Geldstrafe verurteilt. Er wollte in die Berufung gehen und brauchte dazu einen Anwalt.

Um 11:38 Uhr verließ Dschidschi das Haus des Professors.

‹Anschließend dann› ist er ‹zum Kreisgericht gefahren und hat in die Akten Einsicht genommen und ist dann noch einmal› zum Professor ‹gefahren, um mit ihm den Inhalt der Akteneinsicht zu besprechen›.

Dschidschis nachmittäglicher Aufenthalt im Landhaus des Professors dauerte von 16:52 Uhr bis 19:45 Uhr.

Jetzt war Dschidschi der Verteidiger des berühmten Professors.»

«Und die Berufung?»

«Wurde vom Bezirksgericht verworfen.»

«Ida, warum hat der Professor ausgerechnet Dschidschi zu seinem Verteidiger gemacht.»

«Der Professor wußte, daß Dschidschi knapp zwei Jahre zuvor für einen anderen aufsässigen Kommunisten den Verteidiger hatte geben dürfen. Natürlich erfolglos. Dschidschi war bei der Staatsmacht bestens angeschrieben. Der

Professor konnte annehmen, daß Dschidschi seinen Kreis zog von der Partei über die Staatsanwaltschaft und den Staatssicherheitsdienst bis zu den Mandanten. Eine Art Sputnik, wie die Russen ihre Satelliten nannten. Der Professor brauchte einen Laufburschen, einen Boten, einen direkten Draht zum Staat. Auf der anderen Seite brauchte der Staat einen direkten Draht zum Staatsfeind. Dschidschi war Kommunist genug, das zu verstehen.

So weit so gut. Das Dumme ist nur, daß es eine Unterlage des Staatssicherheitsdienstes mit der Überschrift ‹Auszug aus einem Bericht› gibt. Diese Unterlage stammt vom Tag nach Dschidschis Besuch bei dem Professor. Da steht zu lesen, daß Dschidschi den Professor am Mittwoch auf dessen Grundstück getroffen habe. ‹Er hat die Vollmacht unterzeichnet und war mit meiner Vertretung im Berufungsverfahren einverstanden ... Anschließend dann bin ich zum Kreisgericht ... gefahren und habe in die Akten Einsicht genommen und bin dann noch einmal› zum Professor ‹gefahren, um mit ihm den Inhalt der Akteneinsicht zu besprechen.›»

«Wer hat die Uhrzeiten notiert.»

«Die stehen in einem Bericht über die Beobachtung des Grundstücks.

Die Sicherheitsdienstführer kamen ins Grübeln, als der 70. Geburtstag des Professors bevorstand. Sie wollten ‹Provokationen, Demonstrativhandlungen oder anderweitige Aktivitäten im Sinne einer Aufwertung› des Professors verhindern. Der Professor sollte ‹mit den spezifischen Mitteln und Möglichkeiten des MfS› beeinflußt werden.

Aber wie? Es war zu prüfen, ‹ob es zweckmäßig› wäre, daß Dschidschi als Anwalt ‹eine Aussprache mit› dem Professor ‹durchführt›. Der Professor sollte dazu angehalten werden, ‹keine Korrespondenten und andere Personen westlicher Länder› einzuladen oder zu empfangen. Überhaupt sollte er die Zahl der Besucher möglichst klein halten.

Am Abend vor dem Geburtstag fuhr Dschidschi zum Professor.

In einer ‹Information› des Staatssicherheitsdienstes steht: ‹Seinem am Vorabend erschienenen Rechtsanwalt erklärte› der Professor, ‹daß nach seiner Kenntnis zahlreiche Gäste, jedoch keine Vertreter von westlichen Presse- und Publikationsorganen erscheinen werden. Da weder er noch seine Gäste an einer Konfrontation mit der Westpresse interessiert wären, würde er diese bei Erscheinen abweisen …›

Als die Sache mit Dschidschi und dem Staatssicherheitsdienst hochkam, da war Dschidschis Lieblings-Staat schon passé. Die Kommunisten hatten ihre Partei umgetauft und spielten Demokraten. Dschidschi war die Treppe hinaufgefallen bis zum Chef der altneuen Partei. Sogar Parlamentsabgeordneter war er geworden und Vorsitzender seiner Abgeordnetengruppe. Das war Dschidschis beste Zeit als Neu-Demokrat. Er konnte vom Rednerpult herab Sprüche klopfen, und das Fernsehen war immer dabei. Das wäre ihm als Bühnenschauspieler nicht vergönnt gewesen. Und auch sonst; wenn es in irgendeiner Talkshow etwas zu beschwatzen gab, schwatzte Dschidschi demokratisch mit. Das kommunistische Programm seiner überflüssigen Partei zitierte er lieber nicht.

Das Parlament besitzt aber einen ‹Ausschuß für Wahlprüfung, Immunität und Geschäftsordnung›, und dieser unangenehme Ausschuß überprüfte den Abgeordneten Dschidschi.

Am Ende hieß es, ‹der Ausschuß› habe ‹eine inoffizielle Tätigkeit des Abgeordneten› Dschidschi ‹für das Ministerium für Staatssicherheit der ehemaligen Deutschen Demokratischen Republik als erwiesen festgestellt›. Der Anwalt Dschidschi habe ‹personenbezogene Informationen, Einschätzungen und Bewertungen zu seinen Mandanten an das MfS weitergegeben›. Er habe ‹Anweisungen seiner Führungsoffiziere über die Beeinflussung seiner Mandanten ausgeführt und über die Erfüllung seiner Arbeitsaufträge berichtet›. Er habe ‹sich hierauf nicht beschränkt, sondern auch eigene Vorschläge an das MfS herangetragen›.

Daß Dschidschi ‹nichts von den verschiedenen Erfassungsverhältnissen gewußt haben› wolle, halte der Ausschuß ‹für zweifelsfrei widerlegt›. ‹Nach den Unterlagen› stehe fest, daß Dschidschi ‹sich mit den ihm zugordneten Mitarbeitern des MfS in seiner eigenen› Wohnung ‹und anderen Wohnungen getroffen› habe.»

Awa sagte: «Die Feststellungen des Parlamentsausschusses hatten keine Konsequenzen.»

«Keine. Später, als Dschidschi nicht mehr Partei-Chef war, avancierte er in der Hauptstadt zum Wirtschaftssenator. Dieser Job konnte ihm überhaupt nicht gefallen. Wirtschaft war nie sein Fall gewesen. Und jeden Tag stundenlang am Schreibtisch sitzen, ohne Fernsehkameras, nein. Unter irgendeinem Vorwand schmiß er den Bettel hin. Das nahmen ihm seine Parteigenossen mächtig übel, denn schließlich hatten sie ihn als kommunistisches Rennpferdchen in den demokratischen Senatsstall geschickt.

Die Schwatzrunden in den Talkshows verzichteten allmählich auf Dschidschi. Es hatte sich für Dschidschi ausgeschwatzt.»

22

Nach Idas Erzählung über Dschidschi brauchte ich frische Luft. Vor dem Haus traf ich meinen alten Nachbarn. Er blieb stehen und fragte: «Wie geht?»

Ich sagte: «Nicht besonders gut. Und Ihnen?»

«Ick gutt.»

«Sie sehen auch gut aus», sagte ich. «Braungebrannt. Ich habe Sie lange nicht gesehen. Waren Sie verreist?»

«Ick Heimatt.»

«Urlaub?»

«Ick dort Haus. Un Garten.»

«Und Freundin?»

Er lachte. «Jung Frau. Jung Frau viel Arbeit.»

Ich sagte: «Was sagt Ihre Frau dazu?»

Er verzog das Gesicht. «Frau sagt, jung Frau schlecht. Aber ick nächste Woch wieder Heimatt.»

Ich schwieg. Er sagte: «Du komm mein Heimatt. Machen Urlaub in mein Haus.»

«Neinnein», sagte ich. «Ich habe viel zu tun.»

«Bei mein Haus viel Wasser. Du schwimm.»

«Wohnen Sie am Meer?»

«Nix Meer. Zuckerwasser.»

«Schöön!»

Wir verabschiedeten uns.

Ich spazierte zwei Stunden lang durch unser Viertel. Ich hatte das Gefühl, in meinem Leben müßte sich etwas ändern.

Kaum war ich wieder zu Hause, klingelte das Telefon. Antonio rief aus Rom an.

Antonio sagte, in meinem Leben müsse sich etwas ändern. Es dürfe nicht so weitergehen wie bisher. Er sagte:

«Deshalb mein Vorschlag: Du kommst mit mir nach Australien!»

«Bist du von Sinnen? Was soll ich da.»

«Den Kopf heben.»

«Wer bezahlt das?»

«Du bist ein Gast.»

«Ich kenne dort niemanden.»

«Du bist Gast der Regionalen Klimakonferenz in Sydney.»

«Wer sagt das.»

«Ich sorge dafür, daß du eingeladen wirst. Der Flug, das Hotel – gratis.»

«Das klingt gut.»

«Die Leute von eurer Forschungsstation in der Antarktis werden auch in Sydney sein.»

«Das ist nicht mehr unsere Forschungsstation.»

«Egal.»

«Wie heißt das Thema der Konferenz? Außerdem: Ich kann nicht mehr stundenlang stillsitzen und Vorträge anhören.»

«Das Thema heißt CO_2. Aber unser Thema ist Australien.»

«Mir ist es dort zu heiß.»

«Nicht jetzt. Es ist wie Frühling in Rom.»

«Die Reise ist umständlich.»

«Wenn du mitkommst, treffen wir uns in Frankfurt und fliegen gemeinsam nach Sydney.»

Ich sagte: «Antonio, ich rufe dich später an und sage dir Bescheid.»

Ida und Awa sagten fast gleichzeitig: «Wohin willst du.»

Ich zögerte, und Ida sagte: «In die Antarktis?»

«Nein», sagte ich, «nach Australien.»

«Typisch Antonio», sagte Ida. «Er langweilt sich alleine und organisiert einen Reisebegleiter. Bezahlt er deinen Flug, das Hotel ...»

«Alles gratis. Ich bin Gast der Regionalen Klimakonferenz.»

Awa sagte: «Wie lange willst du da unten bleiben?»

«Das weiß ich noch nicht. Einen so langen Flug unternimmt man nicht wegen einer Woche Aufenthalt.»

«Was soll aus unseren Recherchen werden? Jetzt wäre wieder ich an der Reihe mit einem Bericht. Und ich habe noch einige Kandidaten für unsere Sammlung im Auge.»

Ich sagte: «Ich kann dir jetzt nicht zuhören. Ich muß weg.»

«Wieso ‹muß›?»

«Ich habe genug vom Gesellschaftsklima. Ich bin ein unverbesserlicher Meteorologe.»

«Du läßt uns im Stich. Was soll ich ohne dich anfangen.»

Ich sagte: «Du wolltest Romane schreiben. Fang an.»

Awa sagte zu Ida: «Wirst du mir dann zuhören? Recherchierst du noch einen Fall?»

«Wo denkst du hin, Awa. Die Sache mit Dschidschi hatte ich im Kopf. Und dir stundenlang zuhören? Nein. Ich muß arbeiten. Ich bin Architektin, nicht Rentnerin.»

Ich habe nicht gesagt, daß ich des Hin und Her zwischen Ida, Awa und mir überdrüssig sei. So einfach war die Geschichte auch gar nicht. War Awa beweglicher geblieben als ich? Hatte Ida sich stärker ihm zugewandt? Ich wurde nicht mehr schlau aus uns dreien. Ich mußte einfach für eine Weile fort.

Ida sagte: «Ich gehe jetzt. Wer begleitet mich?»

«Ich», sagte Awa.

Beim Abschied sagte Ida: «Wann fliegst du?»

«Bald.»

«Sehen wir uns vorher?»

«Sicher.»

Awa sah bekümmert aus. Ich sagte mir: Endlich tue ich, was ich will. Ich nahm mir vor, ihn vor meiner Abreise nicht danach zu fragen, wie es ihm gehe. Ich will nicht sehen, ob er glücklich oder unglücklich aussieht. Und Ida? Ich wußte es nicht.

Ich rief Antonio an und sagte: «Ich komme mit.»

23

Für die Reisevorbereitungen blieb genügend Zeit. Ich las von James Cook und seiner Landung an der Ostküste Australiens, 1770, an einer Stelle, die er Botany Bay nannte. Ich traf auf William Bligh, den Ex-Captain der «Bounty», den die britische Regierung, sieben Jahre nach der Meuterei auf der «Bounty», nach Australien geschickt hatte, um den Schwarzmarkt für Rum aufzuräumen; seine Untergebenen nannten Bligh dafür «Caligula». Ich versetzte mich, so gut es ging, in die Gemütslage der Aborigines.

Awa wurde argwöhnisch, als ich zum ersten Mal «Oz» statt Australien sagte und «Abo» statt Ureinwohner. Aber er schwieg.

Als er jedoch bemerkte, daß ich mich für eine Reise mit dem legendären «Indian Pacific» von Sydney an der südpazifischen Küste bis nach Perth am Indischen Ozean interessierte, da wollte er reden. Ich brauchte nur noch zu sagen, die Zugreise dauere 65 Stunden.

Awa fragte: «Wie lange dauert die Regionale Klimakonferenz?»

«Eine Woche.»

«Du tust allerdings gerade so, als wolltest du nach Australien auswandern!»

«Ich interessiere mich auch für eine Fahrt ins Outback. Natürlich nicht allein.»

«Na, prima. Du in deinem Alter. Was, wenn du krank wirst?»

«Keine Angst. Im Notfall rufen wir den ‹Royal Flying Doctor Service›.»

Awa schüttelte nur den Kopf. Er murmelte: «Im Outback leben giftige Schlangen und Spinnen.»

Am Abend vor meiner Abreise saßen wir beisammen. Ida und Awa wirkten auf mich wie ein erprobtes Ehepaar. Zum Abschied umarmte ich Ida; ich kam mir vor wie der bekannte Durchreisende («... fremd zog ich wieder aus»).

Am nächsten Vormittag traf ich Antonio auf dem Frankfurter Flughafen. Er freute sich lausbübisch auf unseren «Ausflug». Antonio hatte die Idee gehabt, nicht direkt bis Sydney zu fliegen; er wollte einen Zwischenstopp in Singapur einlegen.

Von dem Flug nach Singapur ist mir nichts in Erinnerung geblieben außer dem Anblick der Straße von Malakka, kurz vor unserer Landung auf dem Singapore Changi Airport.

Meinen ersten Singapur-Eindruck gewann ich auf dem Weg von der klimatisierten Flughafenhalle in das klimatisierte Taxi. Ein Schwall feuchtheißer Luft benahm mir beinahe den Atem; mir brach auf der Stelle der Schweiß aus. Antonio wunderte sich über mich.

Auf der Fahrt in die Stadt regnete es unablässig, aber es war ein leichter Regen, ein Wasser-Schleier. Schon bedauerte ich diesen Singapur-Zwischenstopp.

Vor dem Ming Court Hotel stand ein Mann in chinesischer oder malaiischer Kriegstracht, das war der Türsteher. Er dirigierte zwei Boys herbei, die unsere Koffer in die Hotelhalle trugen. Den Weg vom Taxi bis in die klimatisierte Halle ging ich schwer atmend, schwitzend; der zweite Eindruck von Singapur.

Ich hatte gerade geduscht und mich aufs Bett gelegt. Antonio klopfte an, kam in mein Zimmer und fragte: «Gehst du mit in die Stadt? Land und Leute besichtigen?»

«Um Gottes willen, nein! Ich gehe nicht mehr aus diesem Hotel.»

«Dann sehen wir uns heute abend.»

«Jaja. Mach's gut in Singapur.»

Was ich von Singapur gesehen habe, das habe ich durchs Hotelfenster gesehen. Bedauerlich, daß vor dem Fenster ein Baugerüst mit seinen metallenen Verstrebungen wie ein Gefängnisgitter aussah. Aber ich hatte mich ja selbst eingesperrt. Wenn es gerade einmal nicht regnete, fegte auf dem Vorplatz eine Frau in organgefarbener Jacke und in Gummistiefeln mit einem breiten Strohbesen etwas zusammen. Was sie zusammenfegte, sah ich nicht; es lag nichts da. Am Rand des Vorplatzes stand eine Palme. Direkt unter meinem Fenster sah ich einen ansehnlichen Swimmingpool. Rings um den Pool, etwa zwei Meter vom Beckenrand entfernt, standen auf leicht erhöhter, grün belegter Fläche acht weiße Liegen. Trotz des Nieselregens lag auf einer Liege eine Person, übrigens weiblichen Geschlechts. Wenn ich nach links blickte, sah ich niedrige, höchstens zweistöckige weiße Häuser mit Flachdächern, umgeben von massigem Grün niedriger Bäume. Keine Palmen! In einiger Entfernung ein sandfarbenes Viereck, das ich für einen Tennisplatz hielt. Rechts war die Fassade des Orchard Hotels zu sehen, das höher als unser Hotel zu sein schien. Wahrscheinlich auch teurer.

Ich zog mich an und ging ins Foyer. Es war tea-time, und ich hörte Musik; Klavier und weiblichen Gesang. Ich setzte mich einigermaßen entfernt in einen olivgrünen Sessel. Der Teppich in diesem Teil des Foyers war auch olivgrün. Andere Teile des Foyers waren gefliest. An die Farbe der Fliesen kann ich mich nicht erinnern. Die Sängerin trug einen kurzen weißen Rock und einen langen weißen Blazer. Weiße Bluse, weiße Schuhe. Sie sang die üblichen Songs. Sie war auffällig mager, ihre Stimme metallen. Ich verstand nicht, warum sie ein Mikrophon benutzte. Die Lautstärke der Boxen überbrüllte die Entfernung bis zu meinem Platz.

Hatte ich Antonio gesagt, daß die Polizei in Singapur eintausend Singapur-Dollar von Übeltätern kassiert, die auf den Gehweg spucken oder eine Zigarettenkippe achtlos fortwerfen? Antonio wußte das wohl. Ich billige diese Strafe; ich habe deutsche Gehwege vor Augen: unzählige Zigarettenkippen, Papiertaschentücher, Cola-Dosen und Hundescheißhaufen. In Deutschland macht es auch niemandem etwas aus, daß Leute, meist junge oder sehr alte, auf den Gehweg spucken. Eintausend Singapur-Dollar sind fast fünfhundert Euro. Eine saubere Stadt, dieses Singapur. Allerdings braucht man eine Menge Aufpasser, die hinter den Spuckern und Rauchern her sind. Die kosten Geld. Aber das bringen die Übeltäter herein.

Meinen Tee trank ich wegen der Musik schnell. Ich ging in mein Zimmer zurück. Zum Dinner wollte ich mit Antonio ins Hotelrestaurant.

Von meinem Fenster aus sah ich nur wenige Leute auf den Gehwegen. Ich konnte nicht ausmachen, ob es überwiegend Chinesen oder aber Malaien oder Inder und Pakistaner waren. In diesem Hotelviertel war auch nicht zu ahnen, daß es in der Stadt Wohnbezirke gibt mit circa 200 000 Einwohnern pro Quadratkilometer.

Ich setzte mich an den Schreibtisch und begann, an Awa und Ida zu schreiben.

Mein Telefon klingelte. «Antonio hier. Komm mal rüber, ich will dir was zeigen.»

In Antonios Zimmer lagen verstreut zwei kurze weiße Strümpfe, zwei flache Schuhe, ein BH, ein Slip, eine weiße Bluse, eine Jeans, eine offene Umhängetasche.

Aus dem Badezimmer hörte ich Wasser rauschen.

Ich sah Antonio an. Er öffnete die Badezimmertür. In der Badewanne hockte eine Frau, deren Alter ich nicht schätzen konnte; eine Malaiin oder eine chinesisch-malaiische Mixtur. Die Frau schaufelte das stark fließende Wasser mit beiden Händen über den Kopf, den Rücken, die Brust und den Bauch. Das Wasser floß ständig aus der Wanne ab; die Frau hörte nicht auf, sich mit Wasser zu überschütten.

Von Antonio und mir ließ sie sich nicht im geringsten stören. Sie blickte nicht einmal auf. Vielleicht hatte sie uns auch gar nicht bemerkt.

Ich ging ins Zimmer zurück. Antonio folgte mir, ließ aber die Badezimmertür offen.

«Antonio, bist du von allen guten Geistern verlassen?»

«Was hast du gegen sie.»

«Nichts. Aber dich verstehe ich nicht.»

«Sie saß vor dem Hilton am Rand des Gehweges auf einem Stein, direkt unter der Plastik eines asiatischen Schwertkämpfers, und schrieb.»

«Schrieb?»

«Sie hielt einen Schreibblock auf den Knien und schrieb.»

«Na und?»

«Und redete fortwährend vor sich hin. Laut und zornig.»

«In welcher Sprache?»

«Keine Ahnung. Vielleicht chinesisch oder malaiisch.»

«Warum sollte sie nicht schreiben und malaiisch oder chinesisch ...»

«Ich hatte den Eindruck, daß sie Hilfe sucht.»

«Wieso.»

«Sie sah gelegentlich von ihrem Schreibblock auf und schrie fast, mit geweiteten Augen.»

«Und niemand hat sie beachtet.»

«Niemand.»

«Nur du.»

«Nur ich. Ich ging zu ihr hin und fragte sie auf Englisch, ob ich ihr helfen könne. Ohne zu antworten, stopfte sie Schreibblock und Kugelschreiber in ihre Umhängetasche und stand auf. Ich ging los, sie redete weiter, aufgeregt und wütend, und ging hinter mir her. Bis in mein Zimmer.»

«Weiter.»

«Sie schmiß ihre Umhängetasche auf den Teppich, zog sich aus und ging ins Bad.»

«Und da planscht sie noch.»

«Ja.»

«Wie willst du sie wieder loswerden?»

«Tja. Willst du was trinken?»

«Ja. Coca-Cola, ausnahmsweise.»

Antonio holte mir aus dem Kühlschrank eine Cola, er nahm sich ein Bier, wir setzten uns.

Jetzt hörten wir, wie die Frau laut schimpfte; jedenfalls glaubten wir das. Das Wasser floß weiter, mindestens noch zehn Minuten lang.

Endlich hörte das Rauschen auf. Die Frau kam nackt und naß ins Zimmer, kauerte sich im Schneidersitz auf den Teppich und langte nach ihrer Umhängetasche. Sie wischte ihre Hände am Teppich trocken, kramte Schreibblock und Kugelschreiber aus der Tasche. Sie legte den Schreibblock auf ihre nassen Knie und fing an zu schreiben. Nach kaum einer Minute zeterte sie wieder los, laut, drohend.

Antonio ging zu ihr und warf einen Blick auf den Schreibblock. Er sagte: «Es sind keine lateinischen Buchstaben.»

Die Frau schien nicht wahrzunehmen, daß wir im Zimmer waren und über sie sprachen.

Antonio sagte: «Ich werde sie jetzt fragen, was sie da schreibt.»

«Das würde ich bleiben lassen.»

Antonio fragte die Frau auf Englisch, was sie da eigentlich schreibe.

Sie stieß hervor: «Alle haben mich verraten!»

«Wer!» fragte Antonio.

«Alle! Ich verlange Genugtuung.»

«Von wem!» fragte Antonio.

«Von allen!»

«Du schreibst an alle?»

«An alle. Hast du eine Briefmarke?»

«Nein», sagte Antonio, «wir sind auf der Durchreise.»

«Hast du ein Kuvert?»

«Bestimmt in der Mappe auf dem Schreibtisch.»

«Dann gib mir eins.»

Antonio gab ihr ein Kuvert.

Die Frau schrieb weiter. Manchmal murmelte sie etwas, manchmal schrie sie etwas und schrieb.

Ich sagte: «Antonio, ich hätte Lust auf ein Dinner im Hotelrestaurant. Aber was machst du mit dieser Dame. Allein lassen in deinem Zimmer?»

«Nein.»

«Zum Dinner mitnehmen?»

«Nein.»

Wir warteten einfach. Nicht nur das Gesicht der Frau, ihr ganzer Körper wirkte wutverzerrt.

Schließlich faltete sie die beschriebenen Blätter zusammen und steckte sie in den Briefumschlag. Eine Adresse schrieb sie auf den Umschlag nicht. Sie zog sich an, tat Brief und Kugelschreiber in ihre Umhängetasche und ging. Ohne einen Blick, ohne Gruß.

«Das hätten wir», sagte ich.

«Gehen wir essen», sagte Antonio.

Als wir das Hotelrestaurant betraten, ging die Frau zwischen den Tischen umher. Es war zu hören, daß sie unentwegt redete. Wir setzten uns an einen Tisch in der Nähe der Tür. Die Frau setzte sich, mit dem Rücken zu uns, an einen Tisch in Fensternähe. Ein Kellner brachte uns die Speisekarten. Gäste in der Nähe der Frau drehten sich zu ihr um. Sie rief ihnen etwas zu, und die Leute zogen die Köpfe ein. Ein Kellner ging ohne Speisekarte zum Tisch der Frau, beugte sich zu ihr nieder und sagte etwas. Die Frau sprang auf, warf dem Kellner die Serviette an den Kopf und schrie etwas. Sie griff nach ihrer Umhängetasche und eilte zu einer Tür. Fast alle Gäste blickten ihr nach. Laut redend verließ die Frau den Raum.

Antonio sagte: «Ich hätte gern gewußt, was sie dem Kellner gesagt hat.»

«‹Verräter› hat sie geschrien», sagte ich.

Während des Essens machte Antonio Pläne für den Abend. Zuerst herumspazieren. Später in eine Bar.

Ich sagte: «Ich schreibe an Awa und Ida.»

«Das kannst du doch in Sydney tun. Da bist du nun schon einmal in Singapur – und bleibst im Hotel hocken. Dein Brief ist tagelang unterwegs. Ob der einen Tag früher oder später …»

«Ich lasse ihn an der Rezeption nach Hause faxen.»

Antonio machte sich bald auf den Weg in die City.

Ich schrieb an Awa und Ida: «Ich muß Euch nicht sagen, daß in Singapur ein warmfeuchtes, innertropisch-maritimes Klima herrscht. Die Jahresniederschläge betragen bis zu

2400 Millimeter. Die Jahresmitteltemperatur beträgt über 26° Celsius. Im Moment regnet es fast den ganzen Tag.

Was ich Euch aber sagen muß: Ich kann es im Freien nicht aushalten. Ob ich mich bei einem längeren Aufenthalt an dieses Klima gewöhnen könnte? Antonio macht der Klimawechsel nichts aus. Ich sollte mich mit der Anpassung der Lebewesen an veränderte klimatische Bedingungen beschäftigen. Präziser: an veränderte Bedingungen. Ich hoffe, daß ich auf der Klimakonferenz Biologen kennenlerne. Ich verbinde das Thema mit unseren ‹Fällen›.

Antonio betreibt ethnologische Feldforschung. Ich muß Euch vielleicht auch sagen, daß in Singapur, obwohl es doch an der Südspitze der Malaiischen Halbinsel liegt, drei Viertel der Bewohner Chinesen sind und nur 15 Prozent Malaien; den Rest machen Inder und Pakistaner aus. Antonios besondere Aufmerksamkeit gilt den Mischungen. Interessant scheint für ihn die malaiisch-chinesische Mixtur zu sein.»

24

Nach zwei Tagen hatte ich von dem Hotel genug, Antonio von den ethnischen Mixturen. Wir packten unsere Sachen und fuhren zum Flughafen. Auf nach Sydney mit Singapore Airlines! Erst am Gate bemerkte ich, daß unsere Maschine nicht nach Sydney, sondern nach Adelaide fliegen sollte. Das war die zweite Überraschung, die Antonio parat hatte.

«Was soll ich in Adelaide?» sagte ich.

«Du bist so verbiestert», sagte Antonio, «daß es dir nur wohltun kann, wenn du von deinen vorgezeichneten Wegen abgelenkt wirst. Du kennst nur Meteorologie oder eure sogenannten Fälle. Laß mich mal machen.»

«Ich habe Awa und Ida geschrieben, daß sie mir nach Sydney schreiben sollen!»

«Die Antwort wird in Sydney für dich aufbewahrt. Denk jetzt nicht daran, was die beiden wohl antworten.»

Antonio gefiel sich in seiner Mentorenrolle, und ich hatte nichts mehr dagegen, von ihm dirigiert zu werden.

«Du wirst mir noch recht geben», sagte Antonio, «daß Adelaide eine der schönsten Städte Australiens ist.»

«Ich kenne die Städte nicht.»

Antonio wiegte den Kopf und schwieg.

Unsere Stewardess hatte es ihm angetan. War sie Chinesin? Oder Malaiin? Wahrscheinlich beides. Sie hatte ein rundes Gesicht, schwarze Augen, schwarzes Haar (Frisur: Bubikopf, Pony). Ihr großer Mund lächelte, und sie bewegte sich leicht und weich. Ihr Kleid war eng tailliert, der Kragen rund ausgeschnitten, die Ärmel waren halblang und weit. Auf blauem Grund verwickelte Muster von Blumen. Auch die anderen Stewardessen trugen dieses Modell.

Antonio ließ keine Gelegenheit aus, unsere Stewardess

um etwas zu bitten. Geduldig und freundlich ließ sie sich beschäftigen. Eine halbe Stunde vor der Landung behauptete Antonio, er könne das Einreise- und das Zollformular nicht ohne Hilfe ausfüllen. Ich sagte: «Mach dich nicht lächerlich! Gib her die Dinger, ich mach das für dich.»

«Nein! Ich bitte die Stewardess darum.»

Antonio rief sie, und sie tat so, als glaube sie ihm. Sie setzte sich neben ihn, fragte ihn nach Namen, Adresse etc. und füllte die Formulare aus. Die Frage, ob Antonio auf der Anreise in einer Gelbfiebergefahrenzone haltgemacht habe, verneinte er heftig. Die Stewardess neben sich, das war für Antonio der schönste Moment des Fluges.

Der schönste Moment für mich war der Anblick der australischen Küste.

Wir landeten auf dem Adelaide Airport, aber die anschließende Autofahrt ging nicht in die Stadt, sondern aufs Land. Ich hätte Antonio nach dem Grund fragen sollen. Ich hatte mich aber schon so weit auf ihn eingelassen, daß ich mir sagte, am Ziel unserer Autotour würde ich alles erfahren. So wußte ich auch nicht, wer uns am Flughafen in Empfang genommen hatte und uns chauffierte.

Wir kutschierten eine Weile durch Südaustralien, und ich fand das Klima zum Aufatmen.

Später erfuhr ich, daß wir uns auf der Fleurieu-Halbinsel südlich von Adelaide in Richtung der Southern Vales bewegten. Weinanbaugebiet.

Das Ziel war ein langgestreckter Natursteinbau mit aneinandergereihten Apartments. Mitten in einem Park. Gepflegter Rasen, geharkte Wege. Ein kleiner See, gesäumt von hohen Eukalyptusbäumen. Die Gäste-Apartments gehörten zu einem Weingut, dessen Gebäude aus dem gleichen Naturstein gemauert waren wie die Apartments. Die Innenwände der Apartments unverputzt. Möbel aus hellem Holz. Steinfußboden. Die Apartments waren für zwei Personen gedacht, aber es hätten auch fünf Personen bequem Platz gefunden. Ich mochte mein Apartment, zumal es eine Klimaanlage besaß.

Antonio holte mich zum Abendessen ab.

«Wo sind wir», sagte ich.

«Im McLaren Vale.»

Das Abendessen sollte es in einer Wein-&-Grill-Bar geben, die zum Hauptgebäude des Weinguts gehörte. Die Bar war in Wirklichkeit ein riesiger Wintergarten mit halbrundem Glasdach; die Buffets reichten meterlang durch den ganzen Raum. «Alles hier ist ein bißchen größer», das wollte ich Awa und Ida schreiben.

Ich wunderte mich nicht darüber, daß ich die Frage unterließ, woher Antonio diese australische Gegend und das Weingut kenne. An einem der Buffets, das nur Obst und rohes Gemüse geladen hatte, gab es ein großes Hallo. Antonio begrüßte einen schwergewichtigen Japaner. Den kannte ich auch, und als er mich sah, hallote es zum zweiten Mal.

Wir hatten uns auf einer Erdbebenkonferenz in Kobe kennengelernt. Der Japaner war Seismologe, und außer für Erdbebenvoraussage interessierte er sich für japanische «Fälle»; eine unverhohlene Abneigung hegte er gegen Hirohito.

Ich fragte ihn, ob er das letzte Erdbeben in Kobe vorausgesehen hatte.

«Nein, leider nein», sagte er.

An den Buffets traf ich auf andere alte Bekannte: eine Hydrologin aus Indonesien und einen Antarktisforscher aus Malaysia.

Auch Antonio kannte diese Leute. Ich vermutete, daß

die Regionale Klimakonferenz für viele weitgereiste Teilnehmer eine Akklimatisations-Woche im McLaren Vale organisiert hatte. Aber genau wollte ich es nicht wissen.

Der japanische Seismologe sagte: «Unsere Bewegung will endlich die japanischen Kriegsverbrechen an der koreanischen Zivilbevölkerung zur Sprache bringen. Die Koreaner hassen uns bis heute. Nicht alle, natürlich. Wir verlangen, daß koreanische Frauen entschädigt werden, die von Japanern vergewaltigt und als Prostituierte zwangsverpflichtet wurden. Wir suchen internationale Unterstützung. Ihr könnt uns dabei helfen.»

Ich erinnerte mich, daß ich mit ihm in einem Taxi durch Kobe gefahren war. Der Taxifahrer hatte gefragt, wer ich sei. Mein Seismologe hatte geantwortet: «Ein Meteorologe. Deutscher.» – «Oh», hatte der Taxifahrer gesagt, «dann sind wir Waffenbrüder.»

Ich sagte: «Verlangt nur ihr eine Entschädigung für die koreanischen Frauen oder verlangen die Koreanerinnen das auch.»

«Sie auch. Wir arbeiten mit koreanischen Opferverbänden zusammen.»

Ich sagte: «Ich bin dafür, die russischen, polnischen undsoweiter Zwangsarbeiter zu entschädigen. Was aber, wenn deutsche Frauen Entschädigung von Rußland verlangen, weil sie von sowjetischen Soldaten vergewaltigt wurden?»

Ich nahm mir vor, Awa und Ida von dieser Komplikation zu schreiben.

Zunächst aber nahm die Akklimatisations-Woche ihren Fortgang mit einem Ausflug an den Moana Beach. Sechs oder sieben Teilnehmer ließen sich an den Strand des Indischen Ozeans fahren, darunter der Antarktisforscher aus Malaysia. Ein kilometerlanger, hundert Meter breiter

Strand. Außer uns kein Mensch zu sehen, aber oberhalb des Strandes ein General Store, Moana Deli genannt. Der Antarktisforscher sagte: «Mitten in der sandigen Einöde ein General Store. Warum?»

Ich antwortete: «Damit ich hineingehen und ein kaltes Bier kaufen kann.» Das tat ich.

Der Antarktisforscher wies auf den Ozean und sagte: «Noch ungefähr 3000 Kilometer bis zum Magnetischen Südpol in der Commonwealth Bay.»

Er sagte das in einem Ton, der Sehnsucht nach dem antarktischen Eis zu verraten schien. Ich öffnete meine eisgekühlte Bierdose und hielt sie ihm hin. Er wehrte das Bier breit lächelnd ab und sagte: «Sie wissen doch, daß ich Moslem bin.»

«Oh, entschuldigen Sie», sagte ich, «das hatte ich vergessen.»

Am nächsten Tag reisten fast alle Teilnehmer der Akklimatisations-Woche, ungefähr zwanzig Forscher, mit einem Bus in den Cleland Wildlife Park. Unsere Gastgeber hatten jeden Teilnehmer mit einem ansehnlichen Lunchpaket versorgt. Nach langer Busfahrt hockten wir uns an einem offiziellen Rastplatz nieder. Alle öffneten ihre Lunchpakete, aber an eine ungestörte Mahlzeit war nicht zu denken. Auf der Stelle hüpften diese Springbeutler herbei, drängten sich penetrant zwischen die Leute und schnappten sich Kiwis, eingewickelte Sandwiches und Äpfel aus den Kartons. Die Sandwiches fraßen sie mitsamt dem Einwickelpapier.

Auch Strauße rasten heran, stoppten vor unseren Füßen und hoben blöd-aggressiv die Köpfe.

An anderer Stelle, Koala Photography genannt, hingen jene dämlichen Beutelbären in Astgabeln und kauten unentwegt Eukalyptusblätter. Man konnte ein solches Vieh auf den Arm nehmen und sich ablichten lassen. Manche Frauen machten das.

Auf der Rückfahrt ins McLaren Vale saß ich neben Antonio. Ich sagte: «Das Klima ist bekömmlich, das McLaren Vale paradiesisch, das Apartment riesig, die Wein-&-Grill-Bar fulminant, die Leute sind amüsant, der Moana Beach ist menschenleer, der Cleland Wildlife Park tierreich, man könnte die restliche Welt vergessen und nur in den Tag hineinleben, aber ...»

«Was ‹aber›!»

«Was will ich hier.»

«Du hast es eben gesagt.»

«Wann reisen wir weiter?»

«Morgen.»

«Das wäre dann schade.»

«Mit dem Bus zum Adelaide Airport. Von dort fliegen alle nach Sydney.»

25

Von South Australia nach New South Wales! Den Adelaide Airport kannten wir, aber von Adelaide haben wir nichts gesehen. Schade, dachte ich; ob sich eine andere Gelegenheit ergibt?

Die Wirklichkeit der vielen Abbilder, die ich gesehen hatte, tauchte unter uns auf: die Sydney Harbour Bridge, die zu Silvester mit Tausenden Feuerwerkskörpern bestückt wird, und auf einem Landvorsprung das Sydney Opera House mit seinen zehn Segeldächern. Oder stellen die Dächer Muscheln dar?

Mehr aber interessierte es mich, ob im Hotel ein Brief von Awa und Ida liegen würde.

Auf dem Weg zum Hotel hatte ich gar kein Auge für die Stadt. Ein Brief von Awa lag für mich da.

Awa schrieb, er sei zuversichtlich, daß die Eindrücke der Australien-Reise mich beleben würden für eine neue Runde unserer Recherchen und Berichte über «Fälle».

Hatte ich Awa vor meiner Abreise nicht gesagt, daß ich genug hätte?

Mit meiner Antwort ließ ich mir Zeit.

Im Hotel traf ich auf Schritt und Tritt sportlich-elegante oder altersgebeugte Leute mit den unübersehbaren Namensschildern: Konferenzteilnehmer. Mehr Männer als Frauen. Ich verzichtete darauf, meinen Namen ans Revers zu stecken; so konnte ich mir aussuchen, mit wem ich reden wollte.

Antonio, der weiß, wie ungern ich ganze Vormittage lang auf Konferenzen stillsitze, überredete mich, zur Eröffnungssitzung zu kommen.

Zu Anfang sprach ein Politiker, der große Hoffnungen

in die Arbeit der Konferenz setzte; man konnte meinen, die Zukunft der Welt liege in den Händen der Klimatologen.

Der Eröffnungsvortrag eines UN-Experten zog eine niederschmetternde Bilanz des 20. Jahrhunderts. Die Aussichten für das 21. Jahrhundert sind so grau wie ein herbstlicher Friedhof. Der eine negative Faktor ist die Ursache eines anderen negativen Faktors undsofort. Teufelskreise gibt es mehrere. Die Weltbevölkerung, die schon über sechs Milliarden Menschen beträgt, wächst einfach weiter. Die Leute brauchen was zu essen. Wo nicht genug wächst, muß man das Land stärker düngen. Folge: Wachsende Emission von Stickstoff. Das trägt zur globalen Erwärmung bei.

Oder: Die Emission von CO_2 liegt schon über dem Vierfachen von 1950. Ergebnis: Treibhauseffekt, Erderwärmung. Die Polkappen schmelzen ab, der Meeresspiegel steigt an. Millionen Leute in Küstengebieten und an Flußmündungen werden vertrieben. Die Agrarproduktion wird gestört, aber die Leute brauchen was zu essen. Siehe oben.

Die Voraussage, daß die Temperatur auf der Erde in den nächsten 100 Jahren um 1,0 bis 3,5 Grad Celsius ansteigt, treibt mir schon jetzt den Schweiß auf die Haut.

Bodenzerstörung, Waldvernichtung, Luftverschmutzung, Trinkwassermangel, Ausrottung von Tier- und Pflanzenarten, mir schwirrte der Kopf.

200 Experten aus 50 Ländern waren befragt worden. Als wichtigstes Problem des 21. Jahrhunderts betrachten sie die Klimaveränderung.

Obwohl ich das alles längst wußte, war ich nach dem Eröffnungsvortrag so deprimiert, daß ich die Konferenz verlassen mußte. Antonio wollte noch bleiben.

Der UN-Experte hatte mir allerdings gefallen: Exakte Datensammlungen, plausible Interpretationen. Aber würde sich etwas ändern? Was sollten die armen Klimatologen schon ausrichten.

Ich schnappte mir ein Taxi und fuhr zum Rock Visitors' Centre in der George Street, gleich am Hafen. Wollte in dem alten Viertel The Rocks nachsehen, wie es früher einmal war. Hab mir Campbells Storehouse von 1838 angeschaut, die George Street Shops und Cadmans Cottage von 1816.

Auf dem Rocks Square wollte ich einen Kaffee trinken. Mir lief ein Mann mit dem Konferenz-Namensschild über den Weg.

«Entschuldigen Sie», sagte ich, «sind Sie nicht ...», und ich schaute auf das Namens-Schild an seinem Revers.

«Machen Sie sich nicht lächerlich», sagte der Mann.

«Ich freue mich, Sie zu treffen.»

«Wieso?»

«Noch einer, der lieber die schöne alte Stadt besichtigt als die häßliche neue Umwelt. Ich nehme an der Klimakonferenz teil.»

«Kommen Sie», sagte der Mann, «gehen wir ins Café Sorrento.»

«Sie kennen sich aus.»

«Ich lebe hier.»

«Woher sind Sie gekommen?»

«Aus Ungarn, 1956. Und Sie?»

«Aus Deutschland.»

«Dann können wir deutsch sprechen. In welchem Fach sind Sie tätig?»

«Ich war tätig. In der Meteorologie.»

«Ich bin Zoologe», sagte der Mann.

Wir setzten uns und bestellten Kaffee.

«Hören sie», sagte der Mann. «Vor etlichen Jahren soll

in Ostdeutschland eine Revolution stattgefunden haben. Aber ich habe keinen hängen sehen.»

«Nun ja», sagte ich. «Man nannte es eine ‹friedliche Revolution›. Was ist Ihr zoologisches Spezialgebiet?»

«Kriechtiere und Lurche.»

Ich sah ihn an.

Er sagte: «Kriechtiere sind Reptilien, und Lurche sind Amphibien.»

Ich schwieg. Ich wollte meine Unkenntnis nicht offenbaren.

«Es ist interessant», sagte der Mann, «daß zum Beispiel beim Feuersalamander die Ausprägung und Verteilung der Farben von dem Bodenuntergrund abhängt, auf dem die Tiere leben.»

«Das wußte ich nicht.»

«Hält man Feuersalamander mehrere Jahre lang auf schwarzer Moorerde, so schwindet die gelbe Farbe fast vollständig. Pflegt man ihn aber auf gelber Lehmerde, so kann das Gelb stark überwiegen. Ähnliches kommt ja auch bei anderen Lurchen vor. So wird zum Beispiel die braungraue Grundfarbe der Kröten auf Lehm rot-gelblich, auf Humus dagegen schwärzlich.»

Ich sagte laut: «Sie bringen mich auf einen Gedanken.»

«Vielleicht haben Sie als Kind einmal einen Laubfrosch gefangen. Sie tragen ihn in Ihrer Botanisierbüchse nach Hause und sind am Ende verblüfft, daß statt des grasgrünen Bürschleins ein braungefärbter Geselle in das Terrarium springt. Die Verfärbung wechselt in den verschiedensten Schattierungen. Mechanische Reize, die von der Oberflächenbeschaffenheit der unmittelbaren Umgebung ausgehen, spielen als Ursache die Hauptrolle.»

«Farbenfreudige Geschöpfe», sagte ich.

«Die hübsche kupferrote Varietät der Schlingnatter findet sich hauptsächlich auf roten Sandsteinschichten. Übrigens, je jünger die Tiere sind, desto rascher und vollständiger gelingt die Umfärbung, für die im allgemeinen drei Jahre ausreichend zu sein scheinen.»

«Drei Jahre, sagen Sie.»

«Auch bei der Wieseneidechse wird die wechselvolle Färbung durch die Beschaffenheit des Bodenuntergrundes beeinflußt. Als ein Meteorologe wird es Sie interessieren, daß die Farben der Eidechsen auch von der Luftbeschaffenheit abhängen.»

«Diese Anpassungen geschehen bei Tieren instinktiv, aus einem Naturtrieb. Aber Menschen ...» sagte ich.

«Auch Menschen zeigen natürlich angeborenes Instinktverhalten. Aber Menschen können sich im Unterschied zu Tieren auch bewußt anpassen.»

«Das wollte ich sagen.»

«Dabei kommt ihnen die Fähigkeit zur Lüge zustatten, jener Glanzleistung des menschlichen Geistes.»

«Tiere können nicht lügen.»

«Menschen können über die Farbe ihrer Kleider frei entscheiden. Ob sie Spitzel, Heiratsschwindler, Diebe, Opportunisten, Spione oder Terroristen werden wollen, sie müssen nur die Kunst der Tarnung beherrschen, um zu fressen und nicht gefressen zu werden.»

Ich sagte: «Sie sind auch Anthropologe.»

«Neinnein. Aber es liegt nahe, Terroristen als Objekte der Zoologie zu betrachten: Wilde Tiere, mit größter Fähigkeit zur Anpassung an die menschliche Umgebung. Tarnungs- und Täuschungskünstler par excellence. Ich weiß noch nicht, wie ich sie zoologisch zuordnen soll. Sie sind schlangenähnlich. Jede Schlange ist eine Gleisnerin, die ihre

Opfer unter Umständen wochenlang um sich herumspielen läßt, dann aber plötzlich zupackt und die Ahnungslosen vernichtet.

Die giftigen Schlangen sind es, die die ganze Klasse der Kriechtiere, unter der sich doch viele harmlose Geschöpfe befinden, in Verruf gebracht haben. Der Umstand, daß sich unter vielen harmlosen Schlangen auch giftige befinden, hat genügt, alle Schlangen in Acht und Bann zu tun. Selbst ein vorurteilsloser Mann wie Alfred Brehm hat sich zu einer geharnischten Philippika gegen alle Schlangen herbeigelassen.»

Ich sagte: «Der Laie kann giftige Schlangen kaum von harmlosen unterscheiden.»

«Deshalb kann ich die eingewurzelte Angst des Menschen vor Schlangen durchaus verstehen. Sie sollte sich allerdings nicht zu einer affenähnlichen, an Wahnsinn grenzenden Furcht steigern, weil der Mensch dann handlungsunfähig wird. Besser, er bewahrt seine Fassung und schlägt der Schlange den Kopf ab.»

«Auch der harmlosen?»

«Wenn er sie nicht von einer giftigen unterscheiden kann, ja.»

Ich wollte jetzt ins Hotel zurück, um Awa und Ida zu schreiben. Zu dem Zoologen sagte ich: «Es wäre mir angenehm, Sie wiederzusehen.»

«Gerne», sagte er. «Ich interessiere mich von Zeit zu Zeit für Europa.»

Er gab mir seine Karte, und ich nannte ihm mein Hotel.

In der Hotel-Lobby traf ich auf Antonio. Er saß da mit einem Mann, den ich kannte. Das war der Leiter unserer antarktischen Forschungsstation. Antonio sagte zu mir: «Du hast etwas verpaßt.»

Ich begrüßte den Mann aus der Antarktis. Er sagte, fast entschuldigend: «Wir haben ein Referat über den Nordpol gehört …»

Antonio schnitt ihm das Wort ab: «Seien Sie froh, daß es nicht Ihr Pol war. Jedenfalls, die Eisgrenze am Nordpol hat sich überraschend weit nach Norden zurückgezogen.»

«Das überrascht mich nicht», sagte ich.

«Es liegt ein Zusammenhang mit der globalen Erwärmung nahe.»

Ich sagte: «Was sonst. Die Klimaforscher halten Reden, und die Dinge geschehen. Es ist immer dasselbe. Entschuldigt mich.»

An der Rezeption hielt mir ein Hotel-Angestellter ein Fax entgegen. Ich sah auf den Absender. Awa hatte mir, ohne meine Antwort abzuwarten, schon wieder geschrieben. Warum?

Etwas abseits vom Getriebe der Lobby setzte ich mich.

Awa vermeldete als erstes, daß Ida und er – «Ida und ich» – übereingekommen seien – na bitte, dachte ich; aber es kam etwas anderes –, nach meiner Rückkehr gemeinsam fortzufahren mit unseren Gesprächen über «Fälle». Ida wolle nun doch gelegentlich recherchieren.

Ich fühlte mich von Awa unangenehm bedrängt. Als ich weiterlas, wurde dieses Gefühl stärker. Er und Ida hätten sich auf fünf Fälle geeinigt. Ich dachte: Sie fragen mich gar nicht erst.

Antonio redete noch immer mit dem Mann von der antarktischen Forschungsstation.

Ich ging in mein Zimmer und schrieb an Awa und Ida.

Die ausgewählten Fälle seien exemplarisch. Awa und Ida sollten sich unbedingt damit beschäftigen. Ich aber wolle mich nicht mehr beteiligen. Die Eindrücke der Australien-

Reise hätten mich nicht belebt für eine «neue Runde unserer Recherchen und Berichte über ‹Fälle›». Im Gegenteil. Alles, was ich von der Klimakonferenz gehört hätte, genüge mir, um zu resignieren. So ergehe es mir auch mit unseren «Fällen». «Es ist die Resignation des Sammlers», schrieb ich. «Ob als Meteorologen oder als Hobby-Historiker – wir sammeln und sammeln Daten, wir interpretieren und interpretieren. Aber es ändert sich nichts. Bis jetzt weiß ich nur, daß alles wiederkehrt. Vom Wetter und von Kriechtieren habe ich genug gesehen. Ich brauche keine weiteren Belege.

Es gibt Dinge, die neu für mich sind. Im McLaren Vale bin ich in aller Frühe aufgewacht, weil vor meinem Fenster jemand laut gelacht hat. Immer wieder. Das kann doch nicht sein, dachte ich. Ich stand auf, öffnete den Vorhang, und vor meinem Fenster war niemand. Ich öffnete das Fenster, steckte den Kopf in die frische Morgenluft, da lachte es wieder. Es kam von einem Eukalyptusbaum. Aber auf dem Baum konnte ich niemanden entdecken. Später, beim Frühstück, fragte ich einen waschechten australischen Kollegen. Es ist der Kookaburra, sagte er. The laughing Jack. Ein Eisvogel.»

An der Rezeption, als ich meinen Brief an Awa und Ida faxen lassen wollte, kam ich mit einem Konferenzteilnehmer ins Gespräch, der gerade sein Zimmer bezahlt hatte. «Ist die Konferenz zu Ende?»

«Nein», sagte er, «die Abschlußsitzung ist morgen. Aber die brauche ich nicht. Ich bin kein offizieller Teilnehmer. Ich bin selbst zahlender Gast.»

Ich sagte: «Ich bin zwar offizieller Teilnehmer. Aber die Konferenz brauche ich auch nicht. Ich will noch in Australien bleiben. Etwas Neues sehen.»

«Kommen sie nach Melbourne», sagte er. «Ich zeige Ihnen die Stadt. Mir gefällt Melbourne besser als Sydney. Sie werden sehen. Ich empfehle Ihnen ein Hotel. Eigentlich ist es ein Motel; es ist gut und preiswert.»

Er schrieb mir sofort die Adresse des Motels auf.

«Und hier meine Karte. Rufen Sie mich an, sobald Sie in Melbourne angekommen sind.»

Ich gab ihm meine Karte und sagte: «In diesem Augenblick ist es beschlossen: meine erste Station ist Melbourne.»

Für den Abend wollte ich mich mit Antonio verabreden. Er saß noch immer im Foyer, unterhielt sich jetzt mit einer Chinesin. Er machte uns miteinander bekannt. Ihren Namen konnte ich mir nicht merken. «Sie will mir heute abend Chinatown zeigen», sagte Antonio. «Komm doch mit.»

«Ja», sagte die Frau, «kommen Sie mit. Wir treffen uns hier. Mein Mann kommt auch.»

Jetzt erkannte ich die Frau. Sie arbeitete als Kellnerin im Hotelrestaurant.

Die Frau verabschiedete sich und ging. Antonio sagte: «Wozu schleppt sie ihren Mann mit. Na, egal. Morgen geht die Konferenz zu Ende. Übermorgen fliegen wir.»

«Du fliegst.»

«Fährst du mit dem Schiff zurück?»

«Ich bleibe noch.»

«Was willst du auf diesem abgelegenen Kontinent.»

«Ach, Antonio.»

Am Abend führten uns unsere chinesischen Stadtführer in ein Restaurant in der Dixon Street. Über ein förmliches Gespräch ging unsere Unterhaltung nicht hinaus. Mir war das recht. Der Mann unserer Hotelrestaurantkellnerin war ein body-building-gestählter, gelassener Wächter seiner Frau. Antonio fühlte sich unbehaglich, das sah ich.

26

Zwei Tage später verließen wir Sydney. Antonio flog nach Rom, ich flog nach Melbourne. Vor dem Abflug fragte Antonio: «Was soll ich Awa und Ida sagen?»

«Nichts.»

«Dann … bis bald.»

«Nicht so bald.»

Auf dem Flug nach Melbourne fiel mir ein, daß ich Awa und Ida nichts von meinem Gespräch mit dem Zoologen geschrieben hatte.

Im Motel in Melbourne, das eigentlich ein dreistöckiges Hotel war, schickte ich meine neue Adresse an Awa und Ida. Gleich danach rief ich Katz an, den Mann, der mir das Motel empfohlen hatte.

Er sagte: «Treffen wir uns doch gegen fünf im ‹Scheherezade› in der Acland Street.» Nach kurzer Pause fügte er hinzu: «Our Lower East Side.»

Wir trafen uns in der Coffee Lounge. Katz sagte: «Wie lange wollen Sie in Australien bleiben.»

«Mal sehen.»

«Ich bin seit 1939 hier. Da war ich elf Jahre alt.»

«Ihre Eltern …»

«… haben mich 1938 mit einem Kindertransport nach England geschickt. Von England ging es nach Australien. Ich kam in eine Familie, die mich aufgezogen hat. Meine zweiten Eltern.»

«Ihre Eltern …»

«Ich habe meine Eltern nicht wiedergesehen. Sie wurden von den Nazis vergast.»

«Die anderen, die mit Ihnen nach Australien kamen …»

«Aus Kindern werden Leute. Zu einigen habe ich bis

heute Kontakt. Unser Stammplatz ist das ‹Scheherezade›. Wo waren Sie während der Nazizeit?»

«Ich war in Deutschland.»

«Flakhelfer?»

«Nein. Dazu war ich zu jung.»

Nach einer kleinen Pause sagte Katz: «Wissen Sie, es gibt keine Grenze zwischen Vergangenheit und Gegenwart. Höchstens eine räumliche Entfernung.»

«Ich weiß», sagte ich.

Katz erzählte mir, daß er Malerei studiert habe und bis in sein Alter vor der Staffelei stehe.

Ich erzählte ihm von den Gesprächen mit Awa und Ida über «Fälle». «Aber ich habe resigniert», sagte ich. «Weil sich nichts ändert.»

«Deshalb lebe ich gerne in Melbourne», sagte Katz.

Wir verabredeten ein nächstes Treffen und verließen das ‹Scheherezade›. An der Ecke zeigte Katz auf eine Konditorei: «Monarch Cake Shop. Makers of exquisite cakes since 1934. Jeden Tag von sieben in der Früh bis neun Uhr abends geöffnet. Hier kriegen Sie den besten Kuchen von ganz Australien.»

Katz stieg in die Straßenbahn der Linie 69. Ich ging langsam die Acland Street entlang. Schmale Häuser, flach oder höchstens zweistöckig, Geschäfte und Restaurants. Continental Delicatesses, Kosher Poultry, The Fruitologist, Continental Cakes. Mike The Butcher, Trendigirl, Discount Liquor, Café Monto und hinter den Häusern Palmen.

Im Hotel lag ein Fax von Awa und Ida. Sie mußten den Brief schon geschrieben haben, ehe sie meine Melbourner Hoteladresse bekommen hatten.

Awa schrieb, meine Vorliebe für den fernen Platz Australien sei doch nur tatenlose Sehnsucht nach einer Zeit, in der ich jünger gewesen sei. Unsere Beschäftigung mit den «Fällen» aber sei eine erkennende und auffassende Tätigkeit und deshalb besser geeignet, dem Alter eine Jugendlichkeit (in Klammern: «Lebenskraft») abzugewinnen.

Wie ich mir mein restliches Leben vorstelle?

Er und Ida jedenfalls wollten sich nicht in Enttäuschung und Resignation üben.

Undsoweiter.

Ida schrieb, Antonios sogenannte ethnologische Feldforschung widere sie an. Er scheine in Frauen nichts anderes zu sehen als Wesen zweiter Ordnung, die dem Vergnügen zu dienen, im übrigen aber unterwürfige Hausfrauen zu sein hätten.

Was mich betreffe, so teile sie die Ansicht Awas.

Ob ich es etwa vorziehe, am Hafen von Melbourne Pinguine zu betrachten und lauernden Anglern «Watch your lines!» zuzurufen, «Discarded lines can kill pinguines!» Oder Spaziergängern, die sich den Pinguin-Schlafplätzen nähern, zuzuflüstern: «Look but do not touch!»

Sie verstehe mich nicht mehr, und darüber sei sie traurig.

Awa und Ida. Ida und Awa. Was hätte ich den beiden antworten sollen? Daß ich mit dem «Indian Pacific» von Sydney nach Perth fahren wolle? Daß mich Adelaide, Brisbane, Canberra und Darwin interessierten? Daß ich noch keine «Abos» im Outback kennengelernt hätte? Das konnte es nicht sein.

Hatte ich nicht schon genug gesagt?

Quellen

Als Quellen haben mir u. a. gedient Arbeiten von Kurt Aland, Bruno Apitz, Albrecht Betz, Willi Bleicher, Christfried Böttrich, Theo Buck, Klaus Dörner, Rainer Eppelmann, Kurt Floericke, Bernd Florath, Norbert Frei, Paul Hankamer, Gotthard Jasper, Hartmut Jäckel, Ludwig Jäger, Olaf Kappelt, Ernst Klee, Volkhard Knigge, Peter Joachim Lapp, Joachim Lerchenmüller, Claus Leggewie, Horst Möller, Silvia Müller, Helmut Müssener, Lutz Niethammer, Günter Nooke, Jens Schley, Ludwig Schneller, Klaus Schroeder, Gerd Simon, Harry Stein, Friedrich Ohly, Ursula Plog, Michael Wildt, Dorothee Wilms, Michael Wolffsohn, Wilhelm Worringer, Josef Zimmermann, Zacharias Zweig.

Das auf den Seiten 70–71 zitierte Dokument (Akte der Waffen-SS Konzentrationslager Buchenwald) stammt aus dem Mikrofilmbestand der U. S. National Archives & Records Administration (NARA), Washington DC, RG 242, A3355, Film 22.

Deutschsprachige Literatur bei rororo

Die neuen Klassiker

Elfriede Jelinek
Die Klavierspielerin
Roman. 3-499-15812-4
Einer der meistdiskutierten deutschsprachigen Romane: Der Klavierlehrerin Erika Kohut, von ihrer Mutter zur Pianistin gedrillt, ist es nicht möglich, aus ihrer Isolation heraus eine sexuelle Identität zu finden. Unfähig, sich auf das Leben einzulassen, wird sie zur Voyeurin. Als einer ihrer Schüler mit ihr ein Liebesverhältnis anstrebt, erfährt sie, dass sie nur noch im Leiden und in der Bestrafung Lust empfindet.

Friedrich Christian Delius
Der Königsmacher
Roman. 3-499-23350-9

Peter Rühmkorf
Außer der Liebe nichts
Liebesgedichte. 3-499-23260-X

Helmut Krausser
Schmerznovelle
3-499-23214-6

Peter Schneider
Das Fest der Missverständnisse
Burg erforscht die Medizingeschichte im Nationalsozialismus. Was eher zufällig beginnt, entwickelt sich zu einer zerstörenden Obsession, die auch die Wahrnehmung der Gegenwart zwanghaft überformt.

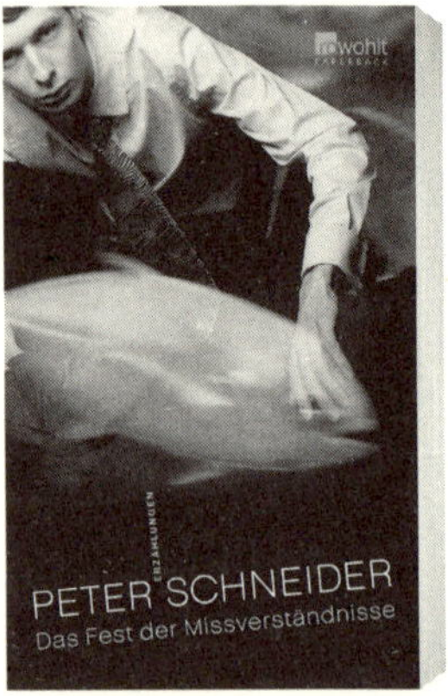

3-499-22728-2